酒时温　秋月白　小窗明

五花马　千金裘　大唐春

品味生活，从读一首唐诗开始

飞蓬 编著

SPM
南方出版传媒
广东经济出版社
·广州·

图书在版编目（CIP）数据

品味生活，从读一首唐诗开始／飞蓬编著．—广州：广东经济出版社，2019.7
ISBN 978－7－5454－6293－7

Ⅰ．①品…　Ⅱ．①飞…　Ⅲ．①唐诗－诗集　Ⅳ．①I222.742

中国版本图书馆 CIP 数据核字（2018）第 097254 号

出 版 人：李　鹏
责任编辑：张晶晶
责任技编：许伟斌
封面设计：何汝清

《品味生活，从读一首唐诗开始》
Pinwei Shenghuo，Cong Du Yishou Tangshi Kaishi
飞蓬　编著

出版发行	广东经济出版社（广州市环市东路水荫路 11 号 11～12 楼）
经销	全国新华书店
印刷	广东鹏腾宇文化创新有限公司 （珠海市高新区唐家湾镇科技九路 88 号七号厂房 1－4 层）
开本	889 毫米×1194 毫米　1/32
印张	6
字数	100 000 字
版次	2019 年 7 月第 1 版
印次	2019 年 7 月第 1 次
书号	ISBN 978－7－5454－6293－7
定价	25.00 元

如发现印装质量问题，影响阅读，请与承印厂联系调换。
发行部地址：广州市环市东路水荫路 11 号 11 楼
电话：（020）38306055　37601950　邮政编码：510075
邮购地址：广州市环市东路水荫路 11 号 11 楼
电话：（020）37601980　营销网址：**http://www.gebook.com**
广东经济出版社新浪官方微博：**http://e.weibo.com/gebook**
广东经济出版社常年法律顾问：胡志海律师

contents

目录

春

夏

秋

春

元日述怀

卢照邻

筮仕无中秩，归耕有外臣。
人歌小岁酒，花舞大唐春。
草色迷三径，风光动四邻。
愿得长如此，年年物候新。

卢照邻（约632—约695年），字升之，自号幽忧子，初唐诗人。卢照邻出身望族，擅长作诗歌、骈文，以歌行体著称，与王勃、杨炯、骆宾王并称为“初唐四杰”。有7卷本的《卢升之集》、明张燮辑注的《幽忧子集》存世。

我的官职低微，还是归家种地，做隐居方外之臣比较好。（注：筮，音shì。）

今天人们高歌欢饮贺岁的美酒，早开的鲜花随风起舞庆祝大唐的春天。

嫩绿的草色掩映着我和朋友往来的小路，这美好的风光惊动了我的邻居。

但愿永远像元日这天一样舒心快乐，年年岁岁四时的风物都如此清新。

元日，是指正月初一，就是我们现在所说的春节。这是初唐诗人卢照邻在春节当天写下的歌颂春天的诗。在唐朝，小岁是腊月的第二天，从小岁这一天起，人们就开始准备庆贺新年了，欢乐的气氛一直延续到元日。此时，鲜花盛开了，绿草萌发新芽，春意盎然。卢照邻写下这首诗的时候，已经得了重病，手脚不能自由活动。然而，他还是从小山村的春色中，联想到整个大唐的春天——“我”的命运虽然坎坷悲惨，但这个世界仍然会迎来壮美的春天。除了这首《元日述怀》，还有一首更出名的描写春节的诗，即王安石的《元日》：“爆竹声中一岁除，春风送暖入屠苏。千门万户曈曈日，总把新桃换旧符。”

4000多年前的一天，舜继承天子之位后，带领着部下祭拜天地。从此，人们就把这一天当作岁首。据说这就是阴历新年的由来，这一天被称为“元日”。“元日”这种叫法一直沿用到清朝，民国时期才改称“春节”。传统意义上的春节是指从腊月的腊祭或腊月二十三（或二十四）的祭灶，一直到正月十九。

春节是中华民族最隆重的传统佳节。中国人在春节这一天都尽可能地赶回家里和亲人团聚，表达对新的一年的热切期盼和美好祝福。

春节是辞旧迎新的日子。从小年（腊月二十三或二十四）起，人们便开始“忙年”：“腊八粥，喝几天，哩哩啦啦二十三；二十三，糖瓜粘；二十四，扫房子；二十五，冻豆腐；二十六，去买肉；二十七，宰公鸡；二十八，把面发；二十九，蒸馒头；三十晚上熬一宿；初一、初二满街走。”春节也是祭社祈年的日子，人们借此酬谢诸神过去的关照，并祈愿在新的一年中能得到更多的福佑。在春节期间，传统文化中的各路神明，如灶神、门神、财神、喜神、井神等，都尽享人间香火。

春节还是合家团圆、敦亲祀祖的日子。除夕当天的白天，人们剪窗花、贴春联、挂桃符，准备过年的美食。除夕夜，全家欢聚一堂，一起吃团圆饭，一起团坐守岁，到了元日子时，鞭炮齐响，各家焚香致礼，敬天地、祭列祖，然后小辈依次给尊长拜年，长辈会给孩子们分发压岁钱。春节当天人们走亲访友，一起庆贺新年。我国许多地区还保留着舞狮、舞龙灯、扭秧歌、踩高跷等春节民俗。

绝句

杜甫

两个黄鹂鸣翠柳，
一行白鹭上青天。
窗含西岭千秋雪，
门泊东吴万里船。

杜甫（712—770年），字子美，自号少陵野老，唐代伟大的现实主义诗人，与李白合称“李杜”。杜甫在中国古典诗歌中影响深远，被后人称为“诗圣”，他的诗被称为“诗史”。杜甫创作了《春望》《北征》“三吏三别”等名作，约有1500首诗歌流传下来，大多收录于《杜工部集》中。

两只黄鹂在翠绿的柳树间婉转地鸣叫，一列整整齐齐的白鹭直冲向蓝天。

我坐在窗前，望见西岭上堆积着终年不化的白雪，门前停泊着自万里外的东吴行驶而来的船只。

杜甫身处唐朝由盛转衰的时期，一生四处奔波，其著名的诗篇多是纪录片式的反映生活困顿、民间疾苦和忧国忧民的作品，难得有这样一首轻快的描写春日美景的代表作。这首《绝句》是诗人住在成都浣花草堂时写的，描写了草堂周围明媚秀丽的春景。乾元二年（759年），华州及关中大旱，杜甫放弃了朝廷委派的官职，几经辗转，到了成都，在严武等人的帮助下，于城西的浣花溪畔建成了一座草堂，这就是后来著名的杜甫草堂，也称“浣花草堂”。杜甫居住在成都期间，严武三番五次劝说其做官，后来杜甫感念严武的好意，进入严武幕府任检校工部员外郎，因此有了“杜工部”这个名号。他在成都安顿下来，和妻子儿女住在一起，度过了一段短暂的美好时光。“老妻画纸为棋局，稚子敲针作钓钩”（《江村》）等诗句就是作于浣花草堂刚建成的时候。

《绝句》中的黄鹂、翠柳、白鹭、青天、白雪、泊船，勾勒出了一幅春日美景图。立春是二十四节气中的第一个节气，阳历在2月3～5日。“立”是“开始”的意思，自秦代以来，我国就一直以立春作为孟春时节的开始。立春也是一个重要的传统节日，一年之计在于春，从官方到民间都非常重视这一天。在古代，立春时天子会亲率三公九卿、诸侯大夫去东郊迎春，祈求丰收。到今天，在立春之日迎春已有3000多年的历史。

早春呈水部张十八员外

韩愈

天街小雨润如酥，
草色遥看近却无。
最是一年春好处，
绝胜烟柳满皇都。

韩愈（768—824年），字退之，世称“韩昌黎”“昌黎先生”，唐代杰出的文学家、思想家、政治家。韩愈是唐代古文运动的倡导者，被后人尊为“唐宋八大家”之首，与柳宗元并称“韩柳”，著有《韩昌黎集》等。

京城的街道上细雨纷纷，像酥油一般细密而滋润，远望草色依稀连成一片，近看时却显得稀稀疏疏。这是一年中最美的景色，远胜都城长安烟柳满目的盛景。

诗人韩愈的这首诗又名《初春小雨》，描摹了一幅初春小雨的唯美风景画，赞美了滋润万物生长的春雨。韩愈本人也像春雨一样，为唐朝诗坛带来了新的生气，他以文为诗，倡导古文运动，主张继承先秦、两汉时代的散文传统，反对专讲形式不讲内容的骈体文，一扫以往的平庸诗风。与此诗有异曲同工之妙的还有杜甫的《春夜喜雨》："好雨知时节，当春乃发生。随风潜入夜，润物细无声。野径云俱黑，江船火独明。晓看红湿处，花重锦官城。"诗中的"润物细无声"是对雨水这个节气最妙的注解。

雨水是二十四节气之中的第二个节气，阳历在2月18～20日。"东风解冻，散而为雨"，雨水和谷雨、小雪、大雪一样，都是反映降水现象的节气。我国古代将雨水分为三候：一候獭祭鱼；二候鸿雁来；三候草木萌动。在这个节气，水獭开始捕鱼了，将鱼摆在岸边，就像人们"先祭后吃"的样子。5天过后，大雁开始从南方飞回北方。再过5天，在春雨中，草木开始抽出嫩芽。大地渐渐温暖起来，呈现出一派欣欣向荣的景象。在川西民间，雨水是一个充满人情味的节气。这一天出嫁的女儿要回家探望父母，并送给母亲红绸缎和罐罐肉。当地也有"撞拜寄"的习俗，在雨水这一天，母亲会牵着儿女等候在路边，给见到的第一个行人行跪拜礼，以此祝愿儿女健康成长。

月夜

刘方平

更深月色半人家，
北斗阑干南斗斜。
今夜偏知春气暖，
虫声新透绿窗纱。

刘方平，唐玄宗天宝年间诗人，生卒年不详，字、号不详，生平事迹不详，约公元758年在世。与皇甫冉、元德秀、李颀、严武为诗友，擅长作咏物写景诗，画山水画。其《月夜》《春怨》《新春》《秋夜泛舟》等都是历来为人传诵的名作。

夜半时分，月亮斜照着半边庭院，另一半的庭院则笼罩在夜的暗影中，北斗星和南斗星不知不觉已经横斜。

今夜意外地感觉到初春的暖意，清脆的虫鸣透过绿窗纱传进了房间。

古人将动物入冬后藏伏在土中，不饮不食的状态，称为“蛰”。当春天的第一声雷声响起时，冬眠的动物被惊醒，人们便称这天为“惊蛰”。惊蛰是二十四节气中的第三个节气，阳历在3月5日左右，标志着仲春时节的开始。

惊蛰之时，蛰虫被惊醒，天气转暖，中国大部分地区就进入春耕大忙的季节了。在惊蛰时节，大部分地区气温已有10多度了，是全年气温回升最快的节气。不过因为冷暖空气交替，天气不稳定，气温波动还是比较大的。古人将惊蛰分为三候：一候桃始华；二候仓庚（黄鹂）鸣；三候鹰化为鸠。惊蛰三候所代表的花信为：一候桃花，二候杏花，三候蔷薇。自古以来，诗人们大多喜爱在春日写诗抒怀，尤其爱吟咏春日盛放的花朵，如：“桃花一簇开无主，可爱深红爱浅红。”（杜甫《江畔独步寻花·其五》）“梨花院落溶溶月，柳絮池塘淡淡风。”（晏殊《无题·油壁香车不再逢》）“木末芙蓉花，山中发红萼。涧户寂无人，纷纷开且落。”（王维《辛夷坞》）

惊蛰时节，万物复苏，蛇、虫、鼠、蚁慢慢多了起来，四处寻找食物吃。古代在惊蛰这一天，人们会手持艾草四处走动，熏家中四角，用特殊的香味来驱赶蛇、虫、蚊、鼠和霉味，希望害虫和霉运都不要来骚扰自己。久而久之，这种风俗演变成拍打小人以驱赶霉运，这就是民间习俗“打小人”的前身。

渔歌子

张志和

西塞山前白鹭飞，
桃花流水鳜鱼肥。
青箬笠，绿蓑衣，
斜风细雨不须归。

张志和（732—约774年），字子同，初名龟龄，号玄真子，唐朝词人。张志和入仕后，先后任翰林待诏、左金吾卫录事参军、南浦县尉等职，后辞官隐居。著作有《玄真子》十二卷共三万字，《大易》十五卷，此外有《渔歌子》五首、诗七首传世。

在西塞山前，一行白鹭自由地翱翔，河岸边的桃花盛开，河水中有肥美的鳜鱼在游动。

头戴青色箬笠、身穿绿色蓑衣的老翁正在垂钓，他沐浴着斜风细雨，沉浸在美景之中，不愿归去。

春分是春季的中分点，是二十四节气中的第四个节气，阳历在3月20日左右。春分也是传统节日之一，古代帝王有“春天祭日，秋天祭月”的礼制。民间一般将春分算作踏青的开始。到了春分，人们争相穿上轻盈的衣衫，带上美食和美酒，走出户外亲近大自然，欣赏春日树木发芽、百花盛放的美景。在唐朝，还有专门为仕女准备的春季户外宴席——探春宴和裙裾宴。踏青的活动有放风筝、簪花喝酒、到野外摘野菜等。“草长莺飞二月天，拂堤杨柳醉春烟。儿童散学归来早，忙趁东风放纸鸢。”（高鼎《村居》）这也是此时的绝妙写照。

这首《渔歌子》是张志和在湖州城西西塞山隐居时写的，描写了春季在江南水乡捕鱼的情景。张志和在朝廷做过官，后来有感于时局的动荡辞去官职，游走于吴楚山水之间，最后来到西塞山，在这里定居下来，称自己为“烟波钓徒”。张志和与湖州刺史颜真卿为好友，经常一起欢聚，吟赏诗词。有一次，张志和看到自己乘坐的小船破旧了，他便请颜真卿帮忙更换，并作了《渔歌子》。在此期间，他结识了“茶圣”陆羽和诗僧皎然，一起品茶、谈经论道，过着超然世外的日子。大历九年（774年），张志和应颜真卿的邀请前往湖州。冬季，他和颜真卿游览平望驿的时候，不慎跌落水中身亡（其过世年份有多种说法）。

张志和的《渔歌子》共有五首，源于吴地吴歌中的渔歌，他是唐代最早为《渔歌子》填词并有较大影响的词人之一。他的《渔歌子》不仅影响了中国的填词历史，还开创了日本填词历史的先河。

寒食

韩翃

春城无处不飞花，
寒食东风御柳斜。
日暮汉宫传蜡烛，
轻烟散入五侯家。

韩翃（719—788年），字君平，“大历十才子”之一。建中年间，韩翃因作《寒食》而为唐德宗所赏识，晋升不断。韩翃的诗笔法轻巧，写景别致，在当时广为传诵。著有《韩君平诗集》。

暮春时节，长安城处处柳絮飞舞、落英缤纷，寒食节的东风吹拂着御花园里的柳枝。

夜色降临，宫里忙着传蜡烛，袅袅炊烟散入王侯贵戚的家里。

寒食节是我国传统节日之一，在清明前两天。古人很重视这个节日，依照风俗，在这一天家家禁止用火，只能吃现成的食物，因此称为“寒食”。从先秦到南北朝，寒食节都被当作一个很大的节日。在唐朝时，唐太宗还曾下令将祭祖定在寒食节这一天。到了清明，唐朝的皇帝就会宣旨取榆柳之火赏赐给近臣，以示皇恩。这种仪式有两层用意：一是标志着寒食节已经结束，可以用火了；二是借这个节日给臣子们提个醒，让大家向有功也不受禄的介子推学习，勤政为民。唐朝后期，寒食节的影响力慢慢减弱了。

诗人韩翃在天宝十三年（754年）考中进士，他曾担任淄青节度使侯希逸的幕府书记，后跟随侯希逸回朝，但不被朝廷重用，在长安闲居了10年。在建中初年的一天半夜，韩翃家的门被宣旨的韦巡官敲开，韦巡官告诉韩翃，皇帝将他升为驾部郎中了。韩翃很是吃惊，觉得一定是弄错了。韦巡官细细地将唐德宗批示的过程告诉了他。最开始，中书省两次提出驾部郎中的人选，唐德宗都没批。再请示时，唐德宗批示：用韩翃。当时还有一个任江淮刺史的人，也叫韩翃。中书省又把他们两人的情况上报给唐德宗，唐德宗批示：就用写“春城无处不飞花”的韩翃。唐朝确实是一个诗歌的盛世，人人敬仰写诗的人，科举考试也以诗赋论英雄，皇帝因为喜爱一首诗而提拔一位诗人也就不足为奇了。

除了这首诗，韩翃还有另一首著名的词——《章台柳》：“章台柳，章台柳，昔日青青今在否？纵使长条似旧垂，也应攀折他人手。”这首词是他送给自己的夫人柳氏的，记录下一段跌宕起伏、好事多磨的爱情。柳氏原来是韩翃朋友李生家中的宠姬，十分漂亮，文采出众。后来李生发现他们互相爱慕，便成人之美，慷慨地将柳氏送给韩翃，并资助给他们结婚的礼金。后来，安史之乱令两人分隔，失去联系。居住在长安的柳氏为了逃避灾祸，不得已剪去头发，寄居在法灵寺。唐肃宗收复长安后，韩翃多方打听柳氏的下落，并托人将一袋碎金和这首《章台柳》送给她。柳氏拿到礼物后，感知丈夫的心意，泪如雨下，答赠了一首《杨柳枝》："杨柳枝，芳菲节，所恨年年赠离别。一叶随风忽报秋，纵使君来岂堪折。"韩翃觉得夫人可能已经改嫁，不再属意于自己；柳氏觉得丈夫不会再珍视渐渐老去的自己。两个人面对爱情都十分谦卑，深深知道自己无法与命运抗衡，但在命运的缝隙中又忍不住去期待，抱有希望。不久后，柳氏遭到在安史之乱中立有军功的番将沙吒利劫持，得到专宠。韩翃回到长安后，在沙吒利的家宴上见到自己的妻子。最后，有侠义之士将韩翃和柳氏的故事告诉唐肃宗，由皇帝断案，将柳氏还给韩翃，两人才终于相聚。

清明

杜牧

清明时节雨纷纷，
路上行人欲断魂，
借问酒家何处有？
牧童遥指杏花村。

杜牧（803—约852年），字牧之，号樊川居士，晚唐杰出诗人、散文家。杜牧以七言绝句著称，内容以咏史抒怀为主。因其晚年住在长安南樊川别墅，故后世称其为“杜樊川”，著有《樊川文集》。杜牧被后人称为“小杜”，以区别于“大杜”杜甫，他与李商隐并称为“小李杜”。

清明时节细雨纷纷洒落，路上的行人个个都是失魂落魄的样子。

借问当地哪里有酒售卖，牧童不回答，只是指向远远的杏花村。

清明是二十四节气中的第五个节气，也是春季的第五个节气，阳历在4月5日前后，是我国的传统节日之一，也是最重要的祭祀节日，是祭祖和扫墓的日子。它与春节、端午节、中秋节并称“中国四大传统节日”。清明节大约始于周代，距现在已有2000多年的历史。除了拜祭祖先和扫墓，清明节当天还有踏青、插柳等活动。古代皇宫中则将清明视为秋千节，这一天嫔妃们纷纷踏出宫门，荡起秋千，欣赏春日百花竞放的美景。

清明节主要祭祀祖先和去世的亲人，表达对死者的思念，祈求祖先能保佑全家老小平安顺遂。清明节祭祀，按祭祀场所的不同可分为墓祭、祠堂祭。如果不能赶回家乡扫墓，人们就会站在山上或高处朝家乡的方向遥祭。在唐朝，唐明皇将清明节扫墓编入礼典，清明节正式成为国家的法定节日。由于寒食节禁火的影响，纸钱只能挂在墓地的小树、竹竿上，或用石块等压在坟墓旁，是不焚烧的，因此古代祭扫过的坟墓就会纸幡飘飘。后来不再禁火，就把纸钱烧掉，这才形成了清明扫墓烧纸钱的传统。

烟雨蒙蒙，梨花纷飞，全家人踏着泥泞的小路前行，到山上的坟墓前拜祭，清除前一年坟墓周围生长起来的杂草，并在坟上培添新土。大家将美食供奉在坟墓前，给逝者享用，并供奉纸钱。有时，从一座山头穿行至另一座山头，一路要拜祭好几座坟墓，孩子们懵懂随行，扑扑蝴蝶，采摘野花，对他们而言，清明节就是踏春的节日。

谢中上人寄茶

齐己

春山谷雨前，并手摘芳烟。
绿嫩难盈笼，清和易晚天。
且招邻院客，试煮落花泉。
地远劳相寄，无来又隔年。

齐己（863—937年），唐朝晚期著名诗僧，出家前俗名为胡德生，晚年自号衡岳沙门，他一生经历了唐朝和五代中的三个朝代。

每当谷雨将至，人们就会在弥散的烟雾间采茶。因为只摘嫩叶，所以总是很难摘满一筐，可是天色很快向晚。

用飘着落花的泉水煮茶，召唤隔墙的邻居品茶。劳烦你从那么远的地方寄茶给我，我们又一年未曾相见了。

谷雨是二十四节气中的第六个节气，阳历在4月19～21日。“清明断雪，谷雨断霜”，谷雨是春季的最后一个节气，它的到来意味着寒潮天气基本结束，天气变得越来越温暖。古人认为“雨生百谷”，谷雨是播种移苗、种瓜点豆的最佳时节。

谷雨也是采茶的时节，此时采摘的茶叶细嫩清香，味道最佳，因此人们会在这个时候品新茶。传说，喝了谷雨这天采的茶能清火，所以南方有谷雨摘茶的习俗，谷雨这天不管是什么天气，人们都会去茶山摘一些新茶回来喝，以祈求健康。

唐朝还有一首著名的《七碗茶》：“一碗喉吻润，二碗破孤闷。三碗搜枯肠，唯有文字五千卷。四碗发轻汗，平生不平事，尽向毛孔散。五碗肌骨清，六碗通仙灵。七碗吃不得也，唯觉两腋习习清风生。”这首诗是“茶仙”卢仝所作。卢仝是“初唐四杰”之一卢照邻的嫡系子孙，与家住河南孟州的韩愈是好友。他们经常相聚在沁园，吟诗、品茶、赏歌舞。当时流行喝菊花茶和冬凌茶，然而卢仝对醇和甘甜，却缺少清苦之美的菊花茶并不满意。韩愈建议他将竹串子泡茶试饮。后来，他们跑遍了周边的五十五泉，挑选泡茶的水。最终，卢仝用桃花泉水泡制竹串子，搭配出上佳茶品。以后，韩、卢二人常邀张籍、孟郊、贾岛等朋友来桃花泉煮茶，以茶论诗会友，留下了很多佳话和诗篇。唐元和六年（811年），卢仝又邀好友在沁园相聚，著名的《七碗茶》就在这里诞生了。卢仝的茶诗所表达的饮茶感受不仅停留在口腹之欲上，而且将喝茶分为清晰的七个层次，达到一种妙不可言的境界。

赋得古原草送别

白居易

离离原上草，一岁一枯荣。
野火烧不尽，春风吹又生。
远芳侵古道，晴翠接荒城。
又送王孙去，萋萋满别情。

白居易（772—846年），字乐天，号香山居士，他是唐代伟大的现实主义诗人，新乐府运动的倡导者，与元稹并称“元白”，与刘禹锡并称“刘白”。白居易有“诗魔”和“诗王”之称，他的诗歌众多，题材广泛，语言平易通俗。有《白氏长庆集》传世，代表诗作有《长恨歌》《卖炭翁》《琵琶行》等。

原野上长满茂盛的青草，年年岁岁枯萎了又生长。大火无法将它们烧尽，春风一吹它们又生机勃发。

芳草的馨香在古道上弥漫，在阳光的照耀下碧草连着荒城。又送友人远行踏上古道，满怀离情望着萋萋芳草。

《赋得古原草送别》是白居易的成名作。这首诗的前四句是小孩子都会背诵的诗句，简洁通俗地将古原上野草旺盛的生命力展现出来。这是一曲野草颂，更是生命的颂歌。

此诗作于贞元三年（787年），是少年白居易应考时的习作。诗人这一年从江南到长安，拜见名士顾况时，带去的诗文中就有这首诗。起初，顾况看着这个叫白居易的少年，戏谑道："长安的米很贵，居住并不容易呀！"但在读到"野火烧不尽，春风吹又生"后，他不禁大声赞叹，说诗人凭借这样的好诗，在长安是"居易"的。白居易是贞元十六年（800年）约29岁时中的进士。从为官开始，他写了大量讽喻诗，代表作是《秦中吟》十首和《新乐府》五十首。后来，宰相武元衡遇刺身亡，白居易上奏主张严缉凶手，被认为是越职言事。其后白居易因母亲看花时坠入井中去世，他却写有《赏花》等诗，被认为有违孝道，被贬为江州司马。在此期间，白居易写下著名的《琵琶行》。其后，到苏杭任职。

武宗会昌六年（846年），白居易在洛阳去世，享年75岁。他是唐朝诗人中较长寿的诗人之一，是一生较顺遂的诗人之一，也是结局最好的诗人之一。为官时，他写了大量的讽喻诗，却并未因此获罪；与同时代的大诗人元稹和刘禹锡交好，结伴游历大好河山；一生有美女相伴，到了晚年仍能吟唱"樱桃樊素口，杨柳小蛮腰"。他写诗力求通俗易懂，希望老妇人、小孩子都能看懂，因此他的诗在普通人群中广泛流传。此外，白居易的诗还风靡日本。他的一生，都如他笔下的野草，用满腔热情和旺盛的生命力，给大唐的诗歌历史添上了浓墨重彩的一笔。

凉州词

王之涣

黄河远上白云间，
一片孤城万仞山。
羌笛何须怨杨柳，
春风不度玉门关。

王之涣（688—742年），盛唐时期的著名诗人，字季凌。他的诗被当时的乐工制成歌曲传唱，名动一时。王之涣与岑参、高适、王昌龄一同被世人称为我国唐代著名的“四大边塞诗人”，其代表作有《登鹳雀楼》《凉州词》等。

放眼望去，黄河渐行渐远，好像奔流在白云之间，就在黄河上游的万仞高山中，玉门关耸立在那里，显得孤峭冷寂。

何必用羌笛吹起那哀怨的杨柳曲埋怨春光迟迟不来呢，玉门关一带春风是吹不到的呀！

许多人在读古诗时，可能会以为诗句中所提到的“杨柳”是杨树和柳树两种树的并称。其实，这些诗句中的“杨柳”指的都是柳树，与我们常说的杨树没有关系。古代民间小说《开河记》记载，它的得名来源于隋炀帝。隋炀帝登基后，下令开凿通济渠，虞世基建议在堤岸两旁种植柳树，隋炀帝认为不错，就下令在新开的大运河两岸种柳树，并且亲自栽植，亲笔赐柳树姓“杨”，享受与帝王同姓的殊荣，从此柳树就有了“杨柳”这个美称。事实上，早在先秦时代，《诗经》中的《小雅·采薇》就有诗句提到“杨柳”：“昔我往矣，杨柳依依。今我来思，雨雪霏霏。”

一到春天，柳树就产生飞絮，容易引人遐思，惹人伤感。而“柳”又和“留”同音，所以古人常常以柳枝赠人，吟诵诗歌，表达依依惜别之情。如李白的《春夜洛城闻笛》：“谁家玉笛暗飞声，散入春风满洛城。此夜曲中闻折柳，何人不起故园情。”王维的《送元二使安西》：“渭城朝雨浥轻尘，客舍青青柳色新。劝君更尽一杯酒，西出阳关无故人。”刘禹锡的《竹枝词》：“杨柳青青江水平，闻郎江上踏歌声。东边日出西边雨，道是无晴却有晴。” 说起这首《凉州词》，不得不说起王昌龄、高适和王之涣三位大诗人在旗亭画壁打赌的故事。传说在开元年间的一天，天气寒冷，小雪纷纷，王昌龄、高适和王之涣三人相约到洛阳城东边的旗亭酒楼聚会。他们三人围着火炉，边喝酒边观看酒楼的梨园歌舞。不一会儿，只见四名装扮俏丽的歌女抱着琵琶走了出来。

在唐朝，许多脍炙人口的诗歌都被谱上曲子，为人所传唱。传唱得越广，就越为知名。看到这四位歌女，王之涣说：“我们三人诗歌齐名，难分高低，今天我们来比一比如何？待会儿她们唱谁的歌最多，那就算谁最出名。”王昌龄和高适都觉得这个主意不错，这场暗地里的比试就开始了。

第一个姑娘唱道：“寒雨连江夜入吴，平明送客楚山孤。洛阳亲友如相问，一片冰心在玉壶。”这是王昌龄的《芙蓉楼送辛渐》，王昌龄忙得意地说“这是我的”，并在旗亭酒楼的墙上画下一横，作为记录。接下来，第二个姑娘唱道：“开箧泪沾臆，见君前日书。夜台今寂寞，犹是子云居。”高适一听是自己的《哭单父梁九少府》，便也得意地在墙上画下一横。随后，第三个姑娘唱道：“奉帚平明金殿开，且将团扇共徘徊。玉颜不及寒鸦色，犹带昭阳日影来。”这首诗为王昌龄的《长信秋词》五首之一。于是，王昌龄又在墙上画一横，说道：“我两首了。”

这时，王之涣着急了，他说：“她们唱的都是下里巴人的诗歌，不配唱我的阳春白雪。”并指着最后同时也是最美的那位姑娘说道：“我们听她唱，如果她唱的不是我的诗，我就甘拜下风，一辈子不再和你们比诗了。如果她唱的是我的诗，你们就要奉我为师！”过了一会儿，最后这位歌女开口唱道：“黄河远上白云间，一片孤城万仞山。羌笛何须怨杨柳，春风不度玉门关。”王之涣高兴地问道：“两位村夫，你们看怎么样？”说完，三人拍手大笑。原来这正是王之涣的《凉州词》。

歌女们看到饮酒的三人哈哈大笑，觉得有些奇怪，一问才知道他们就是这些诗的作者。四位歌女一听是倾慕已久的三位大诗人，连忙走过来行礼，请他们三人上座，一同饮宴，一伙人高兴地喝到很晚才回去。

王之涣的诗作至今仅存六首，其中包含了许多孩子都会背诵的《登鹳雀楼》，以及这首出名的《凉州词》。晚清民国时期著名的革命家、朴学大师章太炎曾盛赞王之涣的《凉州词》，称它为“绝句之最”。

大林寺桃花

白居易

人间四月芳菲尽，
山寺桃花始盛开。
长恨春归无觅处，
不知转入此中来。

在人间四月里百花开始衰败，高山古寺中的桃花才刚刚盛开。我常为春光逝去无处寻觅而怅恨，却不知它已经转到这里来了。

桃树，属蔷薇科植物，桃树姿态优美，桃枝扶疏，桃花娇艳，是早春时节重要的观花树木。我国是桃树的故乡，据先秦时期《管子》《山海经》等典籍的记载，黄河流域的广大地区都已遍植桃树。《礼记》中还说当时已把桃列为祭祀神仙的五果（桃、李、梅、杏、枣）之一。自古以来，桃花是春天的象征，也是爱情的代言词，每年3～6月，各地会以桃花为媒，举办不同的庆典。各个朝代的文人墨客作了大量吟咏桃花的诗，以至于“桃花”成了一个很接地气又有些“滥俗”的名词。白居易这首《大林寺桃花》是唐代咏桃花诗中较清丽的作品，将桃花的美提升到了一个新的境界。

最早，在《诗经》中就有“桃之夭夭，灼灼其华”的语句，描写桃树翠绿繁茂，桃花鲜艳明媚的样子，以此比喻年轻美貌的新娘。东晋陶渊明的《桃花源记》写道“忽逢桃花林，夹岸数百步，中无杂树，芳草鲜美，落英缤纷”，描摹出一个“不知有秦，无论魏晋”的世外仙境。唐朝的草书大狂人张旭作有“桃花尽日随流水，洞在清溪何处边”。明朝的唐伯虎写有《桃花庵歌》：“桃花坞里桃花庵，桃花庵里桃花仙；桃花仙人种桃树，又折花枝当酒钱。”将仕途阻塞，郁郁不得志的惆怅都化作花间酒，嬉戏人间。《桃花庵歌》的最后那句“世人笑我忒疯颠，我咲世人看不穿。记得五陵豪杰墓，无酒无花锄作田”（弘治乙丑三月唐寅原版），道出了无数诗人的田园情结与归隐梦想。

在唐朝，还有一首特别的桃花诗，那就是崔护的《题都城南庄》：“去年今日此门中，人面桃花相映红。人面不知何处去，桃花依旧笑春风。”这首诗道出了诗人崔护与绛娘的好事多磨的爱情，也劝诫人们珍惜人与人之间的缘分。

赏牡丹

刘禹锡

庭前芍药妖无格，
池上芙蕖净少情。
唯有牡丹真国色，
花开时节动京城。

刘禹锡（772—842年），字梦得，河南洛阳人，唐朝诗人、哲学家，有“诗豪”之称。他是永贞革新的核心人物，革新失败后，“二王”被杀、“八司马”被贬，刘禹锡被贬为朗州司马，后历任连州刺史、夔州刺史、和州刺史、主客郎中、礼部郎中、苏州刺史等职。刘禹锡与柳宗元并称“刘柳”，与白居易合称“刘白”，与韦应物、白居易合称“三杰”，代表作有《陋室铭》《竹枝词》《乌衣巷》等。哲学著作有《天论》三篇存世。

庭院中的芍药花虽然艳丽妖冶，但格调不高；池面上的荷花虽然明净清丽，却缺少热情。

只有牡丹花才是真正的国色，是最美的花，当它开花的时候，其盛况轰动了整个京城。

牡丹是中国特有的木本名贵花卉，春末开花，花大且美，品种繁多，品名别致，有白璎珞、碧纱笼、淡溶妆、念奴娇、藕丝霓裳等。唐代高宗、武后时从汾晋（今山西汾河流域）将牡丹移植到京城，唐玄宗格外珍视牡丹，后唐庄宗在洛阳建造临芳殿，在殿前种植牡丹1000多株。在唐朝，上至皇室，下至平民都喜爱牡丹，此诗写的正是唐朝人赏牡丹的盛况。

在唐朝，两位最著名的女人都与牡丹有关。一位是权倾朝野的女皇帝武则天，另一位是倾国倾城的美女杨贵妃。民间杜撰有武则天与牡丹的故事：武则天当上皇帝后，号令百花在冬天盛放，唯有牡丹不惧权势，不肯开放。武则天很是生气，下令火烧牡丹，并将牡丹移至东京洛阳。没想到这种牡丹在洛阳开得更加火红鲜艳，被人们称为“焦骨牡丹”。事实上，武则天是在洛阳称圣神皇帝的，不可能将牡丹移去自己喜欢的地方。而牡丹也并非在唐朝才成为皇家园林植物，在隋朝时，隋炀帝广泛收集民间的奇花异草，在都城洛阳西苑就已种植了各种各样的牡丹。杨贵妃与牡丹的故事，则因为李白的一句“云想衣裳花想容”，而更加广为流传。相传，唐玄宗携爱妃杨玉环在沉香亭赏牡丹、品美酒，兴致正盛的玄宗宣李白写新词助兴。借着酒力，李白呼来宦官高力士为他脱去皂靴，又让杨贵妃为他磨墨，然后挥笔写成《清平调》词三首。乐师李龟年依新词歌咏，梨园弟子伴奏，玄宗也忍不住吹起紫玉笛来。沉香亭内外，牡丹齐放，歌乐声声，杨贵妃手持斟满葡萄酒的七宝杯，享受着众人的恭维。

欲与元八卜邻先有是赠

白居易

平生心迹最相亲，欲隐墙东不为身。
明月好同三径夜，绿杨宜作两家春。
每因暂出犹思伴，岂得安居不择邻。
可独终身数相见，子孙长作隔墙人。

我们平生志趣最为投契，都渴望过“无官一身轻”的隐居生活。我们成为邻居后，同一轮明月照着两家的庭院；同一株绿杨，将浓浓的春意洒落在两家院子的中央。

出门旅行的时候尚且希望有个好伙伴，长期定居怎能不慎重地选择好邻居呢？结邻之后，不仅我们两人总能见面，我们的子孙也能长久相处，世代相交。

这首诗是白居易写给元八的诗。唐宪宗元和十年（815年）春，诗人43岁，与元八相交多年，都在朝廷供职。这一年，元八在长安升平坊购置了一所新宅，诗人很想和他做邻居，于是作了这首七律相赠。唐朝人喜爱以排行相称，元八，即元宗简，他与韩愈的大弟子张籍也是好友，还有个很出名的堂弟——元九。元九就是与白居易同科及第、结为终生诗友的大诗人元稹。

诗中的颔联“明月好同三径夜，绿杨宜作两家春”，是脍炙人口的名句。在这幽美的意境中，两位好友结邻而居，白天，在柳絮纷飞的庭院里散步谈天，吟诗作赋；夜晚，约三五好友相聚，青梅煮酒，对酒当歌。我们能想象他们的座上宾定会是一群大名鼎鼎的人物，如元稹、张籍、刘禹锡、李绅、孟郊。

白居易一生交友广泛，与他相知相交最深的是元稹。在人才辈出的中唐诗坛，乃至整个唐朝诗坛，元白的友情堪称佳话。白居易和元稹结识时，他30岁，元稹23岁。从他们相逢同登科第，一起饮酒赋诗，到两人踏上仕途后分隔两地，他们写下了180多首和诗，引得当时的人纷纷传抄。白居易寄书给元稹，写道：“不知忆我因何事，昨夜三更梦见君。”元稹则回复：“我今因病魂颠倒，唯梦闲人不梦君。”元稹去世后，白居易为元稹写下墓志。“君埋泉下泥销骨，我寄人间雪满头”——白居易怀念元稹的《梦微之》是最悲情的“悼亡”之作。

闺怨

王昌龄

闺中少妇不知愁，
春日凝妆上翠楼。
忽见陌头杨柳色，
悔教夫婿觅封侯。

王昌龄（约698—756年），字少伯，盛唐著名诗人。王昌龄与同时代的大诗人李白、高适、王维、王之涣、岑参等人交往密切。其诗以七绝见长，尤其以登第之前赴西北边塞所作的边塞诗最为著名，所以他被后人誉为“七绝圣手”。代表作有《出塞》《闺怨》《从军行》七首。

闺中的少妇尚未经历过相思离别的愁苦，在春天一个明媚的日子里，她精心妆饰，登上高楼游玩。

路边的杨柳春色忽然映入眼帘，惆怅之情顿时涌上心头。她后悔当初不该让丈夫到边塞从军，寻求建功立业的机遇。

这是描写上流贵妇赏春时心理变化的一首闺怨诗。这首诗抓住了少妇从不知愁到知愁的顷刻间的微妙心理变化，将世俗的荣华富贵与朝夕相处的情谊做了一番比较。

闺怨诗是汉族古典诗歌中一个很独特的门类，主要集中在唐代这一时期，其中又有较特别的一类，称为“宫怨诗”。闺怨诗主要抒写古代民间思妇（包括征妇、商妇、游子妇等）和弃妇的忧伤，或者少女怀春、思念情人的感情。这种诗，有的是女人自己写的，有的是男人模拟女人的口气写的。女人感情细腻，容易入诗，加上些哀怨，就更惹人怜爱了。如刘方平的《春怨》：“纱窗日落渐黄昏，金屋无人见泪痕。寂寞空庭春欲晚，梨花满地不开门。”朱庆馀的《宫词》：“寂寂花时闭院门，美人相并立琼轩。含情欲说宫中事，鹦鹉前头不敢言。”

唐代前期，国力强盛。人们崇尚从军远征，立功边塞，也将此视为加官晋爵的重要途径。而除了“觅封侯”的人之外，还有许多征夫，特别是唐朝中后期，边境战乱频繁，政局不稳，许多成年男子被抓壮丁，导致夫妻离别，产生了许多悲情的思妇，也产生了许多描写闺怨的诗歌。如张仲素的《春闺思》：“袅袅城边柳，青青陌上桑。提笼忘采叶，昨夜梦渔阳。”而陈陶的《陇西行》更是将战争的残酷、思妇的血泪展现得淋漓尽致：“誓扫匈奴不顾身，五千貂锦丧胡尘。可怜无定河边骨，犹是春闺梦里人。”

黄鹤楼送孟浩然之广陵

李白

故人西辞黄鹤楼，
烟花三月下扬州。
孤帆远影碧空尽，
唯见长江天际流。

李白（701—762年），字太白，号青莲居士，又号“谪仙人”，是唐代伟大的浪漫主义诗人，被后人誉为“诗仙”，与杜甫并称“李杜”。李白性格爽朗大方，爱饮酒作诗，喜交友。他的文章深受老庄思想影响，有《李太白集》传世，诗作多为醉时所写，代表作有《望庐山瀑布》《蜀道难》《将进酒》《早发白帝城》等。

在阳光明媚的三月，我的好友孟浩然在黄鹤楼向我挥手告别，他要顺水而下去扬州。

他乘坐的小船的帆影渐渐消失在碧空中，只看见滚滚长江向天际奔流而去。

《黄鹤楼送孟浩然之广陵》是李白离开蜀地，寓居河北安陆期间的作品。李白是热爱自然、喜欢交友的大诗人，他寄情山水，在漫游和漂泊中走完了自己的一生，足迹遍布中原内外，留下了许多歌咏自然、歌颂友情的作品。他的一生也是与唐诗“大咖”们不断相遇和别离的一生。

开元十五年（727年），27岁的李白东游归来，“酒隐安陆，蹉跎十年”。正是在这期间，李白结识了比他大12岁的孟浩然。当时，李白名气不大，孟浩然已经诗名远播了。孟浩然对李白十分赞赏，两人很快成了挚友。开元十八年（730年）三月，李白得知孟浩然要去广陵，便约孟浩然在江夏（今武汉市武昌区）相会。几天后，孟浩然乘船东下，李白将他送到江边。送别时，他写下了这首著名的《黄鹤楼送孟浩然之广陵》。

网上有一段对唐诗类别的精辟总结：“田园有宅男，边塞多愤青。咏古伤不起，送别满激情。”李白天性率真，广交朋友，可以说是“送别满激情”的代言人。有多少相遇就有多少别离，这些伤感的别离成就了李白创作出一首首佳作：“李白乘舟将欲行，忽闻岸上踏歌声。桃花潭水深千尺，不及汪伦送我情。”（《赠汪伦》）“醉别复几日，登临遍池台。何时石门路，重有金樽开。秋波落泗水，海色明徂徕。飞蓬各自远，且尽手中杯。”（《鲁郡东石门送杜二甫》）“客自长安来，还归长安去。狂风吹我心，西挂咸阳树。此情不可道，此别何时遇。望望不见君，连山起烟雾。”（《金乡送韦八之西京》）“杨花落尽子规啼，闻道龙标过五溪。

我寄愁心与明月，随风直到夜郎西。”（《闻王昌龄左迁龙标遥有此寄》）……唐朝的“牛气”诗人是以“群”为单位出现的。一是，同时代出了多个著名的、不好评判高下的诗人；二是，这些诗人经常搞聚会，三五成群，宴饮、旅行、斗诗，惺惺相惜。初唐时，最开始大搞唐诗创作的是太宗李世民领导下的宫廷派。后来，民间出现了“初唐四杰”，王勃、杨炯、卢照邻和骆宾王四人交好，他们一洗宫廷诗词的浓艳之风，对唐诗的推广起到了积极的作用。然而，论起初唐时期对唐诗推广的贡献，不得不提“吴中四士”——张若虚、贺知章、张旭、包融。在某种意义上，诗人的官阶越高，扬名立万、诗歌传唱天下的可能性才越高。“吴中四士”中贺知章在官场混得最好，在当时的名气也最高。他不仅自己是很好的诗人，而且品诗的水平也很高。天宝元年（742年），83岁的贺知章在长安紫极宫遇见了42岁的李白。贺知章很欣赏李白的诗，称他为“谪仙人”。

李白是出了名的爱结交朋友，他很喜欢孟浩然，说“吾爱孟夫子，风流天下闻”。孟浩然与王维交好，在离开长安时写下了著名的《留别王维》。大诗人杜甫则是大诗人李白的“迷弟”，他与李白一起喝酒、吟诗、同游，写过20多首关于李白的诗，盛赞李白“笔落惊风雨，诗成泣鬼神”。杜甫也与边塞诗人高适、岑参交好。晚年，他在成都穷困潦倒时，高适经常接济他，并写有《人日寄杜二拾遗》，两人交情非同一般。王之涣、高适和王昌龄三人亦是好友，留下了旗亭画壁的千古轶事。中唐时的白居易就如盛唐时的李白，广交诗友，他与元稹是多年至交，情意深重。晚年，他与刘禹锡同居东都洛阳，经常同游吟唱，交往密切。白居易还与小自己40多岁的李商隐是忘年之交。他很喜欢李商隐的诗，希望自己死后能转世成为李商隐的儿子，后来李商隐生了儿子，真的给儿子取名“白老”。

唐诗的星空如此璀璨，每颗星都不遗余力地绽放自己的光芒，并与别的星组团，连成星座，交相辉映。对诗人们而言，唐诗不仅是个人的灵魂，也是他们社交的独特语言，他们用诗博取功名，作诗恭维前辈和权贵，以诗会友，确立自己在唐诗江湖中的地位。从某种意义上来说，诗人们用自己的热情、宽容和意气风发证明了自己，也注解了大唐。那些春花秋月、悲天悯人的诗，描绘出一部唐朝社会生活史，也记录了大师与大师之间的珍贵相遇。闻一多曾盛情地讴歌李白和杜甫的相遇："四千年的历史里，除了孔子见老子，没有比这两人的会面，更重大、更神圣、更可纪念的。"当年名满天下的李白，肯定没想到他与杜甫仅有的三次相遇，会被后世赞为太阳与月亮的相遇；当年默默无闻的"野老"杜甫，肯定也没想到他会与自己的"偶像"李白比肩，被誉为"中国唯一的影响随着时间不断增长的诗人"。

金缕衣

杜秋娘

劝君莫惜金缕衣，
劝君惜取少年时。
花开堪折直须折，
莫待无花空折枝。

杜秋娘（约791年出生），唐代金陵人，《资治通鉴》称其为杜仲阳，后世多称其为杜秋娘。《金缕衣》的作者存疑，因由杜秋娘歌唱而广为流传，故后世多将其归为杜秋娘的作品。

我劝你不要顾惜华丽的金缕衣，我劝你一定要珍惜青春的大好年华。

花朵盛放的时候就要赶紧采摘，不要等到花谢了只能折没有花的空枝。

这首诗是杜秋娘在镇海节度使李锜的一次家宴上演唱的，也是改变其命运的一首诗。这首诗被收入《唐诗三百首》，作者署名杜秋娘。但写过《杜秋娘诗》的杜牧曾注释，认为她与李锜都只是唱诗的人，而这首诗的作者不详。当时的杜秋娘是李锜花重金购入家中的歌舞姬，听到这首诗后，李锜特别喜欢，对杜秋娘大为欣赏，并将她收为侍妾。

当时，正是唐宪宗励精图治，力图削减藩镇的时候。他在位初期，平定了西川节度使刘辟的叛乱。李琦起兵造反，很快就被朝廷镇压。李锜被杀后，杜秋娘入宫为奴，仍旧当歌舞姬。有一次，杜秋娘在宴会上表演了自己的保留曲目《金缕衣》，唐宪宗被深深地感动，爱上了杜秋娘，不久之后，杜秋娘被封为秋妃。

削减藩镇后，宰相李吉甫曾劝唐宪宗选天下美女充实后宫，他说："天下已平，陛下宜为乐。"此时还不到30岁的唐宪宗自得地说："我有一秋妃足矣！"不料，元和十五年（820年），唐宪宗突然不明不白地死在宫中，随后继位的唐穆宗和唐敬宗也遇刺身亡。杜秋娘眼见三位帝王连续暴死，认为已被封为漳王的李凑也非常危险，于是她与宰相宋申锡密谋，决心除掉宦官王守澄。结果，他们的计划泄露，李凑被贬，杜秋娘被削籍为民。

据说，最后杜秋娘于冬季死在了玄武湖上。然而，她凭自己的聪慧度过了数十年荣华富贵而相对自由的岁月，这便是她穷尽一生为《金缕衣》一诗做下的最好注解。

简卢陟

韦应物

可怜白雪曲，未遇知音人。
恓惶戎旅下，蹉跎淮海滨。
涧树含朝雨，山鸟哢馀春。
我有一瓢酒，可以慰风尘。

韦应物（735—790年），文昌右相韦待价的曾孙，山水田园诗派诗人。因出任过苏州刺史，世称“韦苏州”。韦应物的诗风恬淡高远，以善于写景和描写隐逸生活著称。今传有十卷本《韦江州集》、两卷本《韦苏州诗集》、十卷本《韦苏州集》，散文仅存一篇。代表作有《滁州西涧》《秋夜寄邱员外》。

人生一如高雅的乐曲遇不到懂得欣赏的人。奔波忙碌于旅途，流落蹉跎于淮海之滨。

山涧边的树上满是清晨的雨露，山鸟悲啼着春色将去。我只有这一瓢酒，愿能给这一路的艰辛一些慰藉。

诗人韦应物早年当过唐玄宗的侍卫，是个飞扬跋扈的主儿，无法无天，连地方官也惹不起他。安史之乱后，他失去职务，静下心来，刻苦读书。后来到地方出任官职，勤政爱民。他是中唐时期成就较高的诗人，写的多为山水田园诗，许多诗反映民间疾苦，富有同情心。白居易曾在给元稹的诗中赞誉韦应物，称其诗文清丽。“独怜幽草涧边生，上有黄鹂深树鸣。春潮带雨晚来急，野渡无人舟自横。” 这首《滁州西涧》也是其代表作。

在唐朝的山水田园诗中，我们经常在体会极美景致的同时，读出诗人们内心的愁苦。无论是韦应物写给外甥卢陟的这首《简卢陟》，窦叔向在夏夜与表兄谈天时所写的“夜合花开香满庭，夜深微雨醉初醒。远书珍重何曾达，旧事凄凉不可听”，还是王维在初秋赏山景时所作的“草间蛩响临秋急，山里蝉声薄暮悲。寂寞柴门人不到，空林独与白云期”，崔道融在冬日写下的吟咏梅花的诗句“朔风如解意，容易莫摧残”，都道出了诗人们心中的种种不如意。本来人生不如意者十之八九，对喜爱思考、有独立见解的诗人而言更是如此——或感慨自己的怀才不遇、寄人篱下；或感慨民众的生活疾苦、亲人分离；或感慨国家的政局动荡、战火频发。他们想尽各种方法来直面这些人生的不如意，其中最重要的两种媒介就是诗和酒——用写诗来直抒胸臆，释放自己；用喝酒来忘却忧愁，消解孤独感。换成“诗仙”兼“酒仙”李白的话，就是“五花马，千金裘，呼儿将出换美酒，与尔同销万古愁”。

菩萨蛮

温庭筠

小山重叠金明灭，
鬓云欲度香腮雪。
懒起画蛾眉，
弄妆梳洗迟。
照花前后镜，
花面交相映。
新帖绣罗襦，
双双金鹧鸪。

温庭筠（约812—约866年），本名岐，艺名庭筠，字飞卿，晚唐时期诗人、词人。他多次考进士均落榜，行为放浪，故长期被贬抑，终生不得志。

温庭筠精通音律、工诗，与李商隐齐名，时称“温李”，为花间词派首要词人。其词辞藻华丽，浓艳精致，流传至今的词有70多首，存于《花间集》中。

眉妆晕染，相互重叠，花钿在阳光的照耀下忽明忽暗，鬓发蓬松如云，拂过雪白的香腮。慵懒地起床，画一画眉毛，整一整衣裳，梳洗打扮，慢吞吞，意迟迟。

照一照新插的花朵，对了前镜又对后镜，鲜花与容颜交相辉映，刚穿上的丝绸短袄，绣着一对对的金鹧鸪。

这首《菩萨蛮》是温庭筠的代表词作。此词写的是女子起床梳洗时的娇慵姿态，以及妆成后的华丽美貌。温庭筠是第一位专注于倚声填词的词人，他的词多是描写花间月下、闺情绮怨，形成了以绮艳香软为特征的花间词风，被尊称为花间词派的鼻祖，对五代以后词的大发展起了很强的推动作用。

唐代的女子喜爱化妆，妆容大胆，奇特华贵，变幻无穷。化妆的顺序大致如下：一敷铅粉，二涂胭脂，三画额黄，四描黛眉，五点口脂，六描面靥，七贴花钿。铅粉类似于现在的粉底，涂在脸上起到增白的效果，敷铅粉早在商朝就出现了，是最普遍的化妆方法。虽然铅粉能增白，但也是有毒物质，长期使用有副作用，会使脸色变黄。唐朝人喜欢在铅粉中加入西域的香料，称作“迎蝶粉”。胭脂，现在叫腮红，涂得浓的叫“酒晕妆”，涂得浅的叫“桃花妆”。点口脂，就是今天说的涂口红。额黄和花钿都是额头上的装饰物，不同的是，额黄是画上或贴上黄色的图案，而花钿颜色多样，材料也多种多样。剪花钿的材料有金箔、纸、鱼鳃骨、鲥鳞、茶油花饼等，剪成后用胶粘贴。花钿是唐代面部装饰的一大特点。而面靥则是在脸颊上贴花钿。除了花钿，还有描斜红，就是在太阳穴画上红色的月牙儿。

唐人对画眉极其重视，其他妆饰可以不做，但眉毛一定要画。

杨贵妃那个美丽的姐姐虢国夫人，自恃美貌，不施脂粉，却还是“淡扫蛾眉朝至尊”。唐明皇也很爱眉妆，曾令画工画出《十眉图》，分别为鸳鸯眉、小山眉、五岳眉、三峰眉、垂珠眉、月眉、分梢眉、涵烟眉、拂云眉、倒晕眉。

黄鹤楼

崔颢

昔人已乘黄鹤去，此地空余黄鹤楼。
黄鹤一去不复返，白云千载空悠悠。
晴川历历汉阳树，芳草萋萋鹦鹉洲。
日暮乡关何处是？烟波江上使人愁。

崔颢（约704—约754年），唐玄宗时的进士，官至太仆寺丞，天宝年间为司勋员外郎。代表作为《黄鹤楼》，著有《崔颢集》，《全唐诗》收录其诗42首。

过去的仙人已经驾着黄鹤飞走了，这里只留下一座空荡荡的黄鹤楼。黄鹤一去再也没有回来，千百年来只见白云悠悠。

阳光照耀下，汉阳的树木清晰可见，鹦鹉洲被一片碧绿的芳草覆盖。天色将晚，眺望远方，故乡在哪儿呢？眼前唯有茫茫雾霭笼罩江面，勾起深深的愁绪。

这首诗是吊古怀乡之佳作，也是历代文人所推崇的作品。严沧浪将此诗评为唐人七言律诗的第一名。据说李白来到黄鹤楼，极目远眺，诗兴勃发，当他发现崔颢的这首诗后，连连称赞这是绝妙好诗，并题写了一首打油诗："一拳捶碎黄鹤楼，一脚踢翻鹦鹉洲，眼前有景道不得，崔颢题诗在上头。"后来，李白写下的与黄鹤楼有关的诗词不少于五首，其中有两首广泛流传，一首是《与史郎中钦听黄鹤楼上吹笛》："一为迁客去长沙，西望长安不见家。黄鹤楼中吹玉笛，江城五月落梅花。"还有一首就是前面提到的千古绝唱——《黄鹤楼送孟浩然之广陵》。

此外，李白和崔颢都写过《长干行》。《长干行》是江南民歌的曲调，描写了船家儿女的生活场景和感情诉求。李白的《长干行》就是"青梅竹马""两小无猜"的出处。崔颢的《长干行》一共有四首，其中前两首被收入《唐诗三百首》："君家何处住？妾住在横塘。停船暂借问，或恐是同乡。""家临九江水，来去九江侧。同是长干人，自小不相识。"

除了李崔之争外，唐朝诗人还"一对一"或"一对多"地斗诗。如"诗魔"白居易和"诗豪"刘禹锡的斗诗；王勃在庆祝滕王阁建成典礼的现场"群斗"。历朝历代，总会有人不断评出绝句之最、律诗之最。其实，"读最好的诗"是句虚无的话，在合适的时候，遇到贴合心境的诗，才是唐诗的正确打开方式。

春江花月夜

张若虚

春江潮水连海平，海上明月共潮生。
滟滟随波千万里，何处春江无月明！
江流宛转绕芳甸，月照花林皆似霰。
空里流霜不觉飞，汀上白沙看不见。

江天一色无纤尘，皎皎空中孤月轮。
江畔何人初见月？江月何年初照人？
人生代代无穷已，江月年年望相似。
不知江月待何人，但见长江送流水。

白云一片去悠悠，青枫浦上不胜愁。
谁家今夜扁舟子？何处相思明月楼？

可怜楼上月徘徊，应照离人妆镜台。
玉户帘中卷不去，捣衣砧上拂还来。
此时相望不相闻，愿逐月华流照君。
鸿雁长飞光不度，鱼龙潜跃水成文。

昨夜闲潭梦落花，可怜春半不还家。
江水流春去欲尽，江潭落月复西斜。
斜月沉沉藏海雾，碣石潇湘无限路。
不知乘月几人归，落月摇情满江树。

张若虚，字、号不详，主要活动在公元7世纪中期至公元8世纪前期，初唐诗人，与贺知章、张旭、包融并称为“吴中四士”。代表作为《春江花月夜》，他的诗仅存两首，收录在《全唐诗》中。

春天，江潮水势浩荡，与大海连成一片，一轮明月从海平面升起，好像与潮水一起涌出一般。

月光照着江面，随着波浪闪耀千万里，整条春江都在月色笼罩之中。

江水蜿蜒地绕着花草丛生的原野流淌，月光照着开遍鲜花的树林，朦胧中好像无数细细密密的雪珠在闪烁。

月色如霜，所以无从觉察寒霜飞舞。洲上的白沙和月色融成一片，看不分明。

江水和天空也连成一色，没有丝毫的粉尘杂质，只有一轮明月高悬在天空中。

不知是什么人最早在江边仰望月亮？也不知江上的月亮在哪一年第一次俯瞰到人类？

人类一代代繁衍生息，无穷无尽，只有江上的月亮亘古不变。

不知江上的月亮是不是等待着什么人呢，只见长江之水日夜不停歇，奔流不息。

天上的白云，飘飘忽忽，行迹莫测，在离别的青枫浦上，空留着思妇无穷无尽的哀愁。

今夜，是谁家的游子乘着小船在外漂泊？又是哪家的女子在明月照耀的楼上生起相思？

月光徘徊不去，浮云游动，楼身光影随之变幻万千，它应该能照到相思女子的梳妆台上吧。

月光照进门帘中，卷不走，照在捣衣砧上，拂不掉，更勾起了离愁别绪：

想必此时我望着的月亮也正照耀着你吧，但我却不知你身在何处，听不到你的只言片语，多么希望我能追随月光到你身边，再一次见到你。

天空广袤，鸿雁不停地飞，飞不出无边的月光；江水深邃，善游的鱼龙也游不出这水域，只能空在水面激起阵阵波纹。鱼雁也没法传书了。（思妇视角）

昨天夜里，我梦见故乡的水潭上漂浮着衰败掉落的花瓣，春日将老，我的年华也已逝去，仍不能回到家中，与家人团聚。

春光像是要随着流水流尽了似的，家中水潭上的月亮也要西沉了。

斜月慢慢下沉，渐渐隐藏在海雾之中，我离家乡仍然很遥远，与家人天各一方。

在这美好的夜晚，不知有几人能幸运地趁着月光回到家中，唯有那残落的月亮和无着无落的离情，洒在倒映于水中的树影上，摇曳摆动，满江皆是。（游子视角）

《春江花月夜》是乐府《清商曲辞·吴声歌曲》旧题。创作者是谁，说法不一，或说是陈后主所作，或说是隋炀帝所作，流传至今的仍有多首。但是，我们现在提起《春江花月夜》，就只与张若虚的这首诗联系在一起。这是一首神奇的诗，也是说起唐诗绕不开的诗。诗人张若虚，生平不详，流传至今的仅有两首诗。但这首《春江花月夜》被誉为“孤篇盖全唐”，被闻一多称为：“诗中的诗，顶峰上的顶峰。”

从字面解释，诗名为“春天的江水”和“花好月圆的夜晚”，这样简单的解释略显俗气，也不符合作者的初衷。诗人是将春天、江水、花林、明月、夜晚作为5个独立的主题，相互关联，错落重叠，延伸出丰富的变化与深邃的意境。全诗共36句，每4句一换韵，像9首绝句的组合。在结构上，全诗正中的4句“白云一片去悠悠，青枫浦上不胜愁。谁家今夜扁舟子？何处相思明月楼”为腹句，将全诗一分为二。具体地说，该诗可分成5段（诗中以空行分隔），第一段讲述作者在春天的江边行走时的感受；第二段作者从人的视角转化成神的视角，从人生感慨升华到宇宙意识；第三段讲的是游子和思妇的离愁别绪；第四段从思妇的角度出发，讲述独守空闺的女子对心上人的相思之情；第五段从游子的角度出发，感叹自己年华将逝、漂泊无定，体现了对心上人的深切思念之情。仔细数一数会发现，诗中竟用了11个“江”字和15个“月”字，它不拘泥于传统诗歌的规则，大量使用排比句、对偶句和流水对，起承转合很妙，清丽自然，气韵无穷。

这一夜，张若虚只身一人在江边行走，从月出走到月落，待了几乎一整晚，他见到了绝美的景致，感受到了天地的苍茫，直面浸骨噬髓的孤独，以及孤独背后浓郁缱绻的情意。人生那么痛苦、短暂，世间有那么多美好的其他事物，不如抛去对心上人的牵绊，就尽情地享受这一刻！然而，他做不到，如果不能真实地面对自己的内心和情感，人何以为人？春光绚丽，江水辽阔，花林美好，圆月空明，夜幕深邃，和这么多或美好、或宏大、或永恒的东西相比，人既不卑微，也不渺小，世间万物是共生的，也是平等的。就让春天来临，让花儿绽放，让人去感受、去思考、去痛苦。在苍茫的时空中，人正是有了思想才豁达，正是有了情感才找到归宿。

900多年后，明朝万历年间的一天夜里，明代著名学者、文艺评论家胡应麟为了编辑《诗薮》而挑灯夜读，他手中在读的是北宋郭茂倩的《乐府诗集》。突然，他看到了张若虚的这首《春江花月夜》，惊为天人。在此之前，《春江花月夜》是一首因体裁而侥幸被《乐府诗集》收录的诗，埋没了900多年，没有人注意它，更没人认为它是唐诗杰作。读到这个故事，笔者心中一震——不知有多少唐诗神作淹没在历史长河中，我们再也无缘诵读。趁我们还看得到这首诗，赶紧读一读吧。

夏

山亭夏日

高骈

绿树阴浓夏日长，
楼台倒影入池塘。
水精帘动微风起，
满架蔷薇一院香。

高骈（821—887年），字千里，幽州（今北京西南）人，晚唐诗人、名将，先世为山东名门“渤海高氏”。他身为武人，却好文学，被称为“落雕侍御”。《全唐诗》编诗一卷。

绿树遮天蔽日，在地上洒下荫凉，夏天的白昼变得越来越长。楼台倒映在池塘中，仿佛镜中美景。

微风吹拂，水波荡漾，好像水晶帘幕轻轻摆动。满架蔷薇，艳丽夺目，院中弥漫着阵阵清香。

立夏是二十四节气中的第七个节气，夏季的第一个节气，阳历在5月5～7日。立夏中的“夏”是“大”的意思，是指春天播种的植物已经直立长大了。立夏表示告别春天，是夏天的开始。人们把立夏看作农作物进入生长旺季的一个重要节气。其实，根据气候学的标准，日平均气温稳定升到22摄氏度以上才是夏季的开始，立夏前后，我国只有福州到南岭一线以南的地区才是真正的“绿树阴浓夏日长”的夏季，全国大部分地区平均气温为18～20摄氏度，约处在暮春时节。立夏三候为：蝼蝈鸣，蚯蚓出，王瓜生。蝼蝈的聒噪预示着夏日的来临，蚯蚓也钻出来，忙着帮农民翻松泥土，田间路旁的野菜也繁茂生长起来。

古代，人们非常重视立夏的礼俗。在立夏的这一天，皇帝要率文武百官到京城的南郊，举行迎夏仪式。君臣一律穿朱红色的礼服，佩戴的玉佩、乘坐的马匹、挺举的车旗都是朱红色的，以此来祈求丰收。据历史记载，从两宋开始宫廷里会“立夏日启冰，赐文武大臣”。皇帝会将上一年藏于冰鉴的冰赏赐给百官。

古人很喜爱春天，春天即将过去，难免有惜春的伤感。所以，他们会在立夏时备酒食送春天离去，就像送别友人那样。近代画家吴藕汀所作的诗歌《立夏》中写道：“无可奈何春去也，且将樱笋饯春归。”在民间，立夏时要吃糯米饭，饭中掺杂豌豆。午餐有煮鸡蛋、全笋、带壳的豌豆等特色菜肴。孩子们会将鸡蛋用网袋挂在脖子上，玩斗蛋的游戏。立夏还有“称人”的习俗。有的地方会将秤悬挂在大树上，称小孩和老人；有的地方会将秤悬挂在梁上，女子互相称量，评论“环肥燕瘦”，像是一种闺阁游戏。

晚晴

李商隐

深居俯夹城，春去夏犹清。
天意怜幽草，人间重晚晴。
并添高阁迥，微注小窗明。
越鸟巢干后，归飞体更轻。

李商隐（约813—约858年），字义山，号玉溪生，又号樊南生，晚唐著名诗人。其与杜牧合称“小李杜”，与温庭筠合称“温李”，与李贺、李白合称“三李”。

李商隐是晚唐乃至整个唐代为数不多的刻意追求诗美的诗人。除了擅长写诗，他写的骈文文学价值也很高。

一个人深居简出，俯瞰夹城，春天已经过去，夏天清朗。小草久受雨水的浸没，终于得到上天的怜爱，雨过天晴了。

登上高阁向远处眺望，天高地阔，夕阳的余晖透过窗棂照了进来。越鸟的窝巢已被晒干，身上也干了，恢复轻盈了。

小满是二十四节气中的第八个节气，夏季的第二个节气，阳历在5月20～22日。“小满”的含义是夏熟作物的籽粒开始灌浆，变得饱满，但还未成熟，只是“小满”，还没有“大满”。从气候特征来看，从小满到芒种期间，全国各地逐渐进入夏季，南方和北方的温差变小。这个时期的雨水对农作物而言特别重要，如果这个阶段的雨水偏少，就意味着到了下一个节气芒种时的降水可能会偏少。而对于江南地区而言，这个时期雨水偏少，梅雨季节的降水也可能会偏少。小满三候为：一候苦菜秀；二候靡草死；三候麦秋至。此时，田间的麦子成熟了。农田里的庄稼需要充足的水分，因此农民便忙着给农作物浇水，在古代常用水车等灌溉工具浇水。油菜籽已经收割下来，等着农夫去舂打，榨成油菜籽油。田里除草、除虫等基础农活也要卖力干。除了种植业，蚕桑业也是我国古代农业的重要支柱。小满前后，蚕开始结茧，于是养蚕人家就忙着煮茧，摇动丝车缫（sāo）丝。许多农户为了早早售出新丝，昼夜不停地劳作。唐朝是我国丝织手工业发展史上的一个重要阶段，“缫车”这个名称在唐朝才正式出现。在此时，丝绸产区扩大，丝绸技术提高，丝绸生产的分类更加精细，花式品种更加繁复。白居易曾作诗称赞江南道越州的缭绫：“应似天台山上明月前，四十五尺瀑布泉。中有文章又奇绝，地铺白烟花簇雪。”

遣兴

赵嘏

溪花入夏渐稀疏，
雨气如秋麦熟初。
终日苦吟人不会，
海边兄弟久无书。

赵嘏（约806—约852年），字承佑，楚州山阳（今江苏省淮安市淮安区）人。会昌四年（844年）进士及第。代表作为《江楼感旧》《长安晚秋》。

进入夏季，溪边开的花儿渐渐少了，像秋季般连连下雨，麦子已初熟。

成天刻苦地吟诵诗词，都不会作诗了，远在天边的兄弟已经很久没有音讯了。

芒种是二十四节气中的第九个节气，夏季的第三个节气，阳历在6月5～7日，表示仲夏时节的正式开始。“芒种”的“芒”字，是指麦类等有芒的植物，“种”字是指谷黍类作物耕种。对中国大部分地区来说，芒种一到，夏熟作物要收获，夏播秋收作物要下地，春种的庄稼要管理，是一年中农作最忙的季节。所以，芒种也被农民戏称为“忙着种”。芒种三候为：一候螳螂生；二候鵙（jú）始鸣；三候反舌无声。芒种节气正值初夏，此时，小螳螂从上一年秋季产的卵中孵化出来，数十上百只破壳而出，很是神奇，伯劳鸟开始鸣叫，而春季很活跃的反舌鸟反而不出声了，水生的莲花开始绽放，到处一派葱葱郁郁的景象。

在初夏的江南（即长江中下游地区）有一种特殊的天气现象——梅雨。此时正是江南梅子的成熟期，“梅雨”因此得名。正常的梅雨期约从6月中旬开始，至7月中旬结束，一般出现在芒种和夏至两个节气内，时间为20～30天。在气象上，把梅雨开始和结束的时间雅致地分别称为“入梅”（或“立梅”）和“出梅”（或“断梅”）。如果说李白是力挺“帝都”长安的“大V”，那么苏东坡就是江南的代言人，他写的“不趁青梅尝煮酒，要看细雨熟黄梅”生动地将梅雨季节视为从青梅变为黄梅的过程。而更为出名的描写江南梅雨的诗篇是南宋诗人赵师秀的《约客》。赵师秀是浙江永嘉人，他所作的《约客》描摹了一幅极具灵气的江南夏雨图——“黄梅时节家家雨，青草池塘处处蛙。有约不来过夜半，闲敲棋子落灯花”。

竞渡诗

卢肇

石溪久住思端午，馆驿楼前看发机。
鼙鼓动时雷隐隐，兽头凌处雪微微。
冲波突出人齐譀，跃浪争先鸟退飞。
向道是龙刚不信，果然夺得锦标归。

卢肇（818—882年），字子发，唐会昌年间的状元，先后在歙州、宣州、池州、吉州做过刺史。他是唐相李德裕的得意门生，入仕后并未介入当时的“牛李党争”，一直为人们所称道。

久住在石溪思念家乡的端午盛况，今天很高兴在馆驿楼前看龙舟竞渡。鼙（pí）鼓初击时，像雷声隐动，船头的兽头吐威。

选手乘风破浪，万人齐声呼喊助威，船儿激起的浪花与上空的飞鸟被船儿远远抛在后面。船儿像龙一样向前冲去，果然夺得锦标归来。

每年阴历五月初五为端午节。“端”在古汉语中是开头、初始的意思， 每月有三个五日，头一个五日就是“端五”。仲夏的头一个五日的第一天，就是端午节了。在我国古代，仲夏要登至高处，顺从阳气、顺应天道，因此五月初五又称为“端阳节”。

端午节是我国最重要的传统节日之一，在这一天，有三件事是必不可少的：赛龙舟、祭屈原、吃粽子。最早，端午节是古代吴越地区（长江中下游及以南一带）崇拜龙图腾的部族举行图腾祭祀的节日，龙舟竞渡就起源于图腾崇拜。这首诗正是写端午节赛龙舟的热闹景象。在这首诗的背后，还有个耐人寻味的故事。家境贫寒、备受冷眼的卢肇在这一年考中了状元。当地太守得知后，后悔自己在赶考的饯行宴上没有邀请卢肇。卢肇回乡省亲时，太守殷勤地去城郊迎接他，并盛情邀请他参观即将到来的赛龙舟盛事。端午节当天，卢肇写下了这首诗。诗中含有卢肇对人生的慨叹。

“节分端午自谁言，万古传闻为屈原。堪笑楚江空渺渺，不能洗得直臣冤。”（唐文秀《端午》）端午节还有另一个意义，它是对战国时期的楚国诗人屈原投江的爱国义举的纪念。当时间的镜头往前拉2300多年，战国时期的楚国，在楚宣王和楚威王40多年的励精图治下，达到王国的鼎盛时期。之后的楚怀王时期是楚国由盛转衰的转折期，怀王在齐、秦的站队问题上，没有选择屈原力挺的齐国，又为张仪所欺骗（战国时期著名的“诈楚”事件），最后死于秦国。其子顷襄王时期，秦国多次伐楚，当被流放的屈原得知秦国攻占楚都郢城时，悲愤绝望，跳入汨罗江殉国。屈原在多次被流放的途中写出了名垂千古的《离骚》《九章》。在700多年后的南朝，有人将屈原与端午节联系在一起，赋予了这个节日更深刻的含义，并流传出关于粽子的美好传说。据说，屈原投江后，当地百姓感念屈原的爱国之心，马上划船捞救，一直行至洞庭湖，始终找不到屈原的尸体。百姓们怕江河里的鱼吃掉他的身体，纷纷回家制作米团，并将米团投入江中喂鱼，后来就发展出端午节吃粽子的习俗。

和梦得夏至忆苏州呈卢宾客

白居易

忆在苏州日，常谙夏至筵。
粽香筒竹嫩，炙脆子鹅鲜。
水国多台榭，吴风尚管弦。
每家皆有酒，无处不过船。
交印君相次，褰帷我在前。
此乡俱老矣，东望共依然。
洛下麦秋月，江南梅雨天。
齐云楼上事，已上十三年。

我们在苏州的时候，常常会有夏至宴。宴席上，竹筒粽子清香，烤乳鹅鲜美。江南水乡亭台楼阁多，吴地流行着丝竹管弦演奏的音乐。每家都备有酒水，哪里都有舟船通行。我先在苏州担任官职，也比你先卸任，离开苏州。晚年，我们在东都洛阳老去，共同东望江南，怀念当年的日子。在洛阳麦子成熟的夏夜，想起江南的梅雨天。现在，离我们在苏州齐云楼时，已经过了十三年。

宝历元年（825年），白居易被任命为苏州刺史。第二年白居易因生病而卸任，从苏州返回洛阳，当时刘禹锡正罢和州刺史返回洛阳，两人在扬州初次相见，饮宴和诗，白居易写了《醉赠刘二十八使君》，刘禹锡写了《酬乐天扬州初逢席上见赠》回赠白居易。太和五年（831年），刘禹锡被外放，出任苏州刺史，在苏州任职3年。所以，两人都曾在苏州任职、居住。

太和三年（829年），快60岁的白居易从长安转到洛阳任职。开成元年（836年），刘禹锡任太子宾客，担任闲职，晚年也在洛阳度过。白居易与刘禹锡同岁，39岁时开始以文字交往，晚年同居洛阳，两人时常游历于龙门一带，唱和对吟，生活闲适，留有《刘白唱和集》《刘白吴洛寄和卷》。白居易一生性情随和，为人豁达，与同时代的许多大诗人都有交集。陈寅恪先生曾评价："乐天一生之诗友，前半期为元微之，后半期则为刘梦得。"此诗，正是白居易应和刘禹锡，回忆起在苏州时的情景所作，描绘了苏州夏季惬意的水乡生活和夏至日的欢乐景象。

夏至是二十四节气中的第十个节气，夏季的第四个节气，阳历在6月20~22日。夏至意味着炎热天气正式开始，之后天气变得越来越热。夏至到来后，夜空星象也逐渐变成夏季星空，夏季的银河是极其壮美的，这时候是户外观星的好时节。夏至是二十四节气中最早被确认的节气之一，也是我国最古老的传统节日之一。在古代，夏至又称“夏节”“夏至节”，其隆重程度远远超过端午节。在这一天，皇帝要带领百官祭祀地神，祈求风调雨顺。皇家会拿出冬藏夏用的冰消夏避伏，历朝沿用，形成制度。在民间，人们会在土地庙或者田间祭祖，祈求丰收，女人们还会互相赠送折扇、香囊、脂粉等物件。天气将慢慢变得炎热，扇子可以消暑；香囊佩戴在身上或悬挂在床头，可以除汗味；夏至时赠送的脂粉则是古代的“痱子粉”，涂抹在身上，可以消解体热所产生的浊气。

夏花明

韦应物

夏条绿已密，朱萼缀明鲜。
炎炎日正午，灼灼火俱燃。
翻风适自乱，照水复成妍。
归视窗间字，荧煌满眼前。

夏日树木枝繁叶茂，绿意盎然，鲜艳的红花点缀在上面，显得明亮鲜美。正当中午，炎炎烈日当空，花朵灼灼，像火在燃烧似的。

一阵风吹来，花瓣翻起来，变得凌乱，一会儿风停了，花儿倒映在水中，又变得十分鲜妍。走进楼里，窗上的字映入眼帘，在眼前闪烁（因为被花的艳光晃花了眼睛）。

说起花儿，大多数人都会联想到春天。迎春、玉兰、桃花、紫藤、海棠、牡丹……春天，各种花儿竞相开放，的确是花朵聚会的季节。夏季则是绝大多数生物的生命力最为旺盛的时期，夏花的种类繁多，在太阳的照耀下，开得甚至比春花更绚烂。夏季的代表花卉有广玉兰、石榴、栀子花、合欢花、楝树花、荷花、紫薇、茉莉、太阳花等。诗中的“炎炎日正午，灼灼火俱燃”和泰戈尔的诗句“生如夏花般绚烂”写的是同样的感受。

小暑是二十四节气中的第十一个节气，夏季的第五个节气，阳历在7月6~8日，表示季夏时节的正式开始。“暑”就是炎热的意思，小暑是指天气开始炎热，但还没达到最热。小暑三候为：温风至；蟋蟀居宇；鹰始鸷。此时，全国大部分地区气温超过30摄氏度，农作物都进入了茁壮成长的阶段。小暑时，刮的风都是温热的风，没有凉风了。田野里的蟋蟀纷纷离开田地，到楼宇的阴凉处避暑。老鹰为了避免在地面“蒸桑拿”，会飞到较凉快的高空活动。

从小暑开始，就进入伏天了，紧接着就是一年中最热的季节——大暑，民间有“小暑大暑，上蒸下煮”之说。“伏”是伏藏的意思，提醒人们应当少外出，以避暑气。通常来说，度过伏天的方法就是遮阴纳凉少活动，吃清凉消暑的食品。在隋唐时期，人们发明了夏日消暑饮料——饮子，在当年的长安街上，就有很多饮子店。饮子是用水果或草药熬制而成的，除了解渴，还有清热解毒的功效。

消暑

白居易

何以消烦暑，端坐一院中。

眼前无长物，窗下有清风。

散热由心静，凉生为室空。

此时身自保，难更与人同。

如何能消除暑热呢？只要你在院子里坐下来。眼前没有惹人劳心的旧物件，不去想其他的事，坐在窗下感受清风吹拂。室内空旷，凉风滋生，心静自然就会感觉凉爽。我这种纳凉的方式，和别人可不一样。

大暑是二十四节气中的第十二个节气，夏季的最后一个节气，阳历在7月22~24日，这是一年中最热的时期，也是喜热作物生长速度最快的时期。其间，我国民间有饮伏茶、晒伏姜、烧伏香、喝羊肉汤等习俗。

“热在三伏”，大暑一般处在三伏里的中伏阶段。顾名思义，大暑相对小暑更加炎热。没有电风扇、空调，酷暑是很难挨的。天气炎热时，官宦及富裕人家会外出避暑，比如去近水的宅院或者山中别苑居住。北宋秦观的《纳凉》：“携杖来追柳外凉，画桥南畔倚胡床。月明船笛参差起，风定池莲自在香。”正是描写到水边游玩，以纳凉解暑热。在古代，消暑的器物主要是各种各样的扇子。扇子被古人称为“摇风”或“凉友”。此外，乘凉的物什还有凉席、瓷枕和“竹夫人”，凉席在古代被称为“簟”（diàn），是用蕲竹制作的竹席。瓷枕是在枕面上上釉，头枕着睡觉凉丝丝的。“竹夫人”是一种别致的消暑用具，也被称为“青奴”“竹奴”，是用打磨光滑的竹条编制而成的，呈长条圆柱形。因为整体都是镂空编织的，天气热时放置在床上抱着入眠非常惬意。除了这些纳凉方法和消暑物什，古人也崇尚“精神消暑法”。就像白居易在《消暑》中写的那样——心静自然凉。南宋杨万里也是“精神消暑法”的拥护者，并写有《夏夜追凉》：“夜热依然午热同，开门小立月明中。竹深树密虫鸣处，时有微凉不是风。”晚上就像正午时那么热，翻来覆去睡不着，起身到户外，感觉到了些许凉意，这可不是夜风送爽，而是静中生凉。

悯农·其二

李绅

锄禾日当午，

汗滴禾下土。

谁知盘中餐，

粒粒皆辛苦。

李绅（772—846年），字公垂，唐朝宰相、诗人，中书令李敬玄的曾孙。他与元稹、白居易交游密切，是新乐府运动的参与者。著有《乐府新题》二十首，已佚失。代表作为《悯农》组诗，《全唐诗》存其诗四卷。

农民在正午烈日的暴晒下锄禾，汗水从身上滴落到禾苗生长的土地上。

又有谁知道盘中的饭食，每粒都是农民用辛勤的劳动换来的呢？

《悯农》是唐代诗人李绅的组诗作品，是李绅回故乡亳州探亲访友时所作的。有一年夏天，李绅回乡探亲，偶遇路经亳州的浙东节度使李逢吉，两人携手登上城东观稼台。李逢吉登台后吟了一首诗，希望自己升官能像登台那样快。而此时，李绅却被另一种景象深深触动了。他看到田野里的农夫，在火辣辣的太阳下锄地，不禁感慨万分，吟咏出流传千古的《悯农》。

这组诗深刻地反映了中国封建时代农民艰辛的生存状态。《悯农·其一》为："春种一粒粟，秋收万颗子。四海无闲田，农夫犹饿死。" 这首诗具体而形象地描绘了到处硕果累累的景象，突出了农民辛勤劳动获得丰收却两手空空、惨遭饿死的现实。《悯农·其二》描绘了烈日当空的正午农民在田里劳作的景象，是农民终年辛勤劳动的缩影，最后以"谁知盘中餐，粒粒皆辛苦"这样的"金句"，表达了诗人对农民真挚的同情。这两首诗不仅在民间广泛流传，在文学史上亦有一定影响。

李绅幼年丧父，苦学不辍，后来终于进士及第，步入仕途，一路官至宰相。他是"牛李党争"中李党的重要人物，与李德裕、元稹一起被誉为"三俊"。为官后，他并没有延续在这两首诗中悯农的情结，变得暴酷，让他族叔反过来叫他"爷爷"，他的友人也被他流放，成为囚犯。他做官后的生活相当奢侈，刘禹锡应邀参加他的宴会，感慨于宴会的奢靡，写诗感慨："高髻云鬟宫样妆，春风一曲杜韦娘。司空见惯浑闲事，断尽苏州刺史肠。"此时的李绅，已经过上了纸醉金迷的生活，忘记了贫寒时的志向和年轻时的初心。

采莲曲·其二

王昌龄

荷叶罗裙一色裁，
芙蓉向脸两边开。
乱入池中看不见，
闻歌始觉有人来。

采荷花的女子的罗裙像荷叶一样绿油油的，出水的荷花正朝着采荷花的女子开放。

碧绿的罗裙和芙蓉色的容颜混杂在荷花池中难以辨认，听到歌声才发觉池中有人正在采荷花。

这首诗是王昌龄被贬龙标时所作，约作于唐玄宗天宝七年（748年）夏。此时，王昌龄任龙标尉已经有一段时间了。一次，他独自一人在龙标城外游玩，在东溪的荷花池边，见到当地采荷花的女子们在荷花池采荷花、唱歌的情景，被这种唯美而快乐的气氛深深感染，写下了《采莲曲》。

莲花，就是荷花，也被称为“水芙蓉”。荷花最常见的是用来作为宗教和哲学象征的植物，代表神圣与纯洁，荷花图案也成为佛教的标志。自北宋周敦颐在《爱莲说》中写下“出淤泥而不染，濯清涟而不妖”的名句后，荷花便成了洁身自好、不同流合污的代名词，是“花中君子”。在历代的咏莲诗中，杨万里所写的两首诗最为有名。一是《小池》：“泉眼无声惜细流，树阴照水爱晴柔。小荷才露尖尖角，早有蜻蜓立上头。”二是《晓出净慈寺送林子方》：“毕竟西湖六月中，风光不与四时同。接天莲叶无穷碧，映日荷花别样红。”

除了王昌龄的这首《采莲曲·其二》外，白居易的《池上》也惟妙惟肖地写出了小孩子到池塘里偷采荷花的欢乐：“小娃撑小艇，偷采白莲回。不解藏踪迹，浮萍一道开。”在盛夏时节，划船到荷花深处，采摘几朵荷花、几片莲叶，再收集一些荷叶上的露珠。用露珠混着山泉水煮开，再放入荷叶、山楂煮沸，可以烹制出天然夏日饮料——山楂荷叶茶。效仿古人，偷得浮生半日闲，也是减压、放松的好方法。

竹里馆

王维

独坐幽篁里，

弹琴复长啸。

深林人不知，

明月来相照。

王维（701—761年，一说为699—761年），唐朝著名诗人、画家，字摩诘，号摩诘居士。王维出身河东王氏，唐肃宗乾元年间任尚书右丞，故世人称“王右丞”。

王维信奉佛教，精通诗、书、画、音乐、篆刻等，擅长写五言诗，特别是山水田园诗，被世人称为“诗佛”，与孟浩然合称“王孟”。被后人推为“南宗山水画之祖”。存诗400多首，代表诗作有《相思》《山居秋暝》等，著作有《王右丞集》《画学秘诀》。

我独自坐在幽深的竹林，一边弹琴一边高歌长啸。

没人知道我在竹林深处，只有明月相伴静静照耀。

《竹里馆》是唐代诗人王维晚年隐居在蓝田辋川别墅时创作的一首五言绝句。在幽静的山中，月亮照耀着茂密的竹林，诗人在林中独坐，弹着琴，大声地吟唱，凉风吹来，长啸声和着琴声飘得很远。

竹与梅、松并称“岁寒三友”，梅象征冰清玉洁，松象征常青不老，竹象征君子之道。古人爱竹，文人墨客为之挥毫吟咏，绘画抒怀，也形成了独有的竹文化。白居易有诗云：“竹死不改节，花落有余香。”

早在7000年前，我们的祖先已用竹子制作箭头、弓弩等武器，用于捕猎或打仗了。在古人的日常生活中到处都留下了竹的倩影。竹笋是难得的山中美味，竹片可以当瓦建造房屋，竹竿可以制成竹排摆渡行舟，将竹子劈成小片可以烧火，将竹子杀青打浆可以造出上乘的纸，古人的生活真可谓不可一日无此君。在家中的一方小院中种下几竿修竹，坐在屋内看着窗外绿绿的竹影，心便静了下来。北宋大文豪苏东坡就说：“宁可食无肉，不可居无竹。无肉令人瘦，无竹令人俗。人瘦尚可肥，士俗不可医。”怪不得英国学者李约瑟认为：东亚文明是“竹子文明”。

古人将竹的品德归纳为“竹之十德”：竹身形挺直，宁折不弯，曰正直；竹虽有竹节，却不止步，曰奋进；竹外直中通，襟怀若谷，曰虚怀；竹有花深埋，素面朝天，曰质朴；竹一生一花，死亦无悔，曰奉献；竹玉竹临风，顶天立地，曰卓尔；竹虽曰卓尔，却不似松，曰善群；竹质地犹石，方可成器，曰性坚；竹化作符节，苏武秉持，曰操守；竹载文传世，任劳任怨，曰担当。

寻隐者不遇

贾岛

松下问童子，
言师采药去。
只在此山中，
云深不知处。

贾岛（779—843年），字阆仙，河北道幽州范阳县（今河北涿州）人，唐代诗人。人称“诗奴”，与孟郊共称“郊寒岛瘦”，自号“碣石山人”。曾当过和尚，后还俗，多次考进士不中。他性格内向孤僻，看轻名利，酷爱吟诗，注重词句锤炼，刻意求工整对仗，以五言律诗见长，是苦吟诗人的代表。著有《长江集》。

在碧绿的苍松下，我向隐者的学童问起师父行踪。他说，师父已经到山中采药去了。

隐者就在我们身处的这座山里，但山间云雾缭绕，寻不见他的行踪。

诗中隐者以采药为生，济世救人，是一位真隐士。诗中白云显其高洁，苍松赞其风骨，恰如其分地衬托出隐士的气质。贾岛专程来拜访他，钦慕而不遇。诗人作为入世的知识分子，离开繁华的城市，跑到这超尘绝俗的山中来寻访隐者，其原因是耐人寻味、引人遐想的。

何谓隐士？隐士就是古代隐居不仕的知识分子。所谓隐士，首先这个人应该是士，即有能力走仕途的人，否则就无所谓隐居；不仕，就是不做官，终身或居乡野，或遁迹江湖。隐士是与官僚相对而言的，这个人本来是有德有才之人，原本可以做官，但他没有进入官场；或者是本身为官，由于某些原因主动离开官场，隐居起来，这就叫“隐士”。隐士的历史，应该和官僚的历史一样久远，有了官僚以后也就有了隐士。最早的隐士，应该是不食周粟的伯夷、叔齐。后来的东晋大诗人陶渊明是更为出名的代表人物，他不为五斗米折腰，毅然辞官隐居。

在中国人的文化意境中，如果说仕是入世的，是现实中的圆满；那么隐就是出世的，是道德上的圆满。孟子说：“穷则独善其身，达则兼济天下。”得意时仕，失意时隐，大部分文人都是如此。历代以来，六朝的文人隐居是最多的。而唐人对隐士的态度，则是如朱自清所说的：“‘仕’与‘隐’是唐诗作者们内心之中的一个情结。”“孟浩然是仕隐两失，王维是仕隐两得”，而李白“则是把仕和隐结合在一起去追求的”。隐士文化是我国古代文化和我国古典文学史中的一个里程碑，它鲜明地展示了我国古代文人的人格独立与自我审美认同。

题破山寺后禅院

常建

清晨入古寺，初日照高林。
曲径通幽处，禅房花木深。
山光悦鸟性，潭影空人心。
万籁此都寂，但余钟磬音。

常建（708—约765年），唐代诗人，字号不详。开元十五年（727年），他与王昌龄是同榜进士，仕途不得意，流连于山水名胜之间，长期过着漫游生活。常建的现存文学作品不多，其中以《题破山寺后禅院》一诗较为著名。

清晨，我走进这古老的寺院，旭日初升映照着山中的树林。竹林掩映下的小路通向幽深处，禅房前后，花木繁茂而缤纷。

山光明媚使飞鸟更加欢悦，潭水清澈令人心静神清。此时此刻，万物寂静，只留下了敲钟击磬的声音，传得很远。

《题破山寺后禅院》抒写了诗人常建清晨游破山寺后禅院的感受，是唐代山水诗中独具一格的名篇。许多人初次读到此诗会被“曲径通幽处，禅房花木深”一句深深震撼。

清晨的阳光照着山中的竹林，一条寂静无人的小道通向远方，在路的尽头是寺院后方的禅房，房屋被繁茂的花木围绕，是凝神静心的好去处。北宋赵抃有诗云：“可惜湖山天下好，十分风景属僧家。”古代的寺庙总是选址在得天独厚的地方，“寓园林于自然”，广布在我国自然环境优越的名山胜地。

除了寺庙园林，皇家园林、私家园林也是我国古典园林的主要表现形式，它们展现了我国的灿烂文明和建筑智慧，将中国古典之美具象地呈现在人们眼前。古代许多有名的文化人，都是杰出的造园专家，如唐代大诗人王维就是辋川园的设计者，明末清初的文学家、美学家李渔则设计了著名的芥子园。说起古代人的生活美学，不得不提明代的《小窗幽记》，书中描写的那种优雅的园林之美、雅致的日常生活和淡泊的人生态度，令人神往不已。

“门内有径，径欲曲；径转有屏，屏欲小；屏进有阶，阶欲平；阶畔有花，花欲鲜；花外有墙，墙欲低；墙内有松，松欲古；松底有石，石欲怪；石面有亭，亭欲朴；亭后有竹，竹欲疏；竹尽有室，室欲幽；室旁有路，路欲分；路合有桥，桥欲危；桥边有树，树欲高；树荫有草，草欲青；草上有渠，渠欲细；渠引有泉，泉欲瀑；泉去有山，山欲深；山下有屋，屋欲方；屋角有圃，圃欲宽；圃中有鹤，鹤欲舞；鹤报有客，客不俗；客至有酒，酒欲不却；酒行有醉，醉欲不归。”

八至

李冶

至近至远东西，
至深至浅清溪。
至高至明日月，
至亲至疏夫妻。

李冶（卒于784年），字季兰，乌程（今浙江湖州吴兴）人，是唐代著名女道士、女诗人，其与薛涛、鱼玄机、刘采春并称“唐代四大女诗人”。李冶擅长写五言诗，与陆羽、刘长卿、皎然等交往。后人曾辑录她与薛涛的诗为《薛涛李冶诗集》二卷，今存诗16首。

最近也是最远的是东与西，最深也是最浅的是清溪。

最高也是最明的是日和月，最亲也是最疏的是夫妻。

李冶是唐朝著名的女冠、女诗人。女冠就是女道士，因为她们头戴黄缎道冠，因此被称为“女冠”。道教是唐朝的国教，李唐皇室尊奉老子为太上玄元皇帝，自认为是他的后人。有了这层关系，全国上下对道教趋之若鹜，宫廷里的后妃、公主许多都会进入道观修行。在民间，上至淑女名媛，下至贫寒女子也都争相出家当女道士。其中有两派最受人注目，一派是公主道士，另一派是才女道士。前者的代表有武则天最宠爱的女儿太平公主、唐玄宗的儿媳妇寿王妃杨玉环，以及有李白和王维两位“蓝颜知己”的玉真公主。后者的代表是李冶和鱼玄机。

唐代风气开放，道观也并非清静之地，许多才貌出众的女道士，虽以修行为名，但在道观中自由交际，比普通女子更有自主权，成为一种交际花似的人物，李冶就属于这一类的女道士。她与“茶圣”陆羽，诗僧皎然，名士崔涣、萧叔子、阎士和，隐士朱放等人交往甚密，经常一起聚会，谈诗论词。李冶的诗名越传越广，她的活动范围也越来越大，从剡中（今浙江剡县）一直到广陵（今江苏扬州）。广陵是文人荟萃的地方，李冶在这里的活动让她的名气更大。刘长卿赞誉她是“女中诗豪”。天宝年间，唐玄宗听说她的诗才，特地召她赴京入宫，这可是极大的殊荣。然而在泾原兵变中，由于李冶与朱泚交往甚密，唐德宗平叛后将她处决掉。

李冶自小风流，做派豪放，从她和友人的诗中可以隐约看出她的三段恋情：与诗僧皎然、名士阎士和，以及隐士朱放的恋情。最初，皎然就委婉地拒绝了她的爱意，表示一心向佛，后来两人仍是好友。李冶对后面两位是用情较深的，其中也夹杂着对回归平凡生活的向往。然而，阎士和在江州任职时和李冶百般缠绵，离开后却再也没回来过，朱放和李冶的关系也随着他隐居的结束而告终。这两个男人后来都娶了高门大户的女子为妻。

女道士这种特殊身份，让李冶有机会自由交往，以相对平等的“人”的视角，窥视外面的花花世界。然而当她历尽千帆，认清的却是“富贵与权势为尊”这一残酷的事实。在她的认知中，夫妻有可能是最亲近的人，也可能是最疏远的人。

秋

秋题

薛能

独坐东南见晓星，
白云微透泬寥清。
磷磷甃石堪僧坐，
一叶梧桐落半庭。

薛能（约817—约880年），汾州（今山西汾阳一带）人，晚唐著名诗人。他仕宦显达，官至工部尚书。唐代诗僧无可称赞他“诗古赋纵横，令人畏后生”。主要作品有《薛能诗集》十卷、《繁城集》一卷。

我独自坐在东南角，抬头望着启明星。星光从白云中微微透出来，天空清朗空旷。

井壁突起的甃（zhòu）石可以供僧人歇息，一片梧桐叶正落在庭院正中央。

立秋是二十四节气中的第十三个节气，也是秋天的第一个节气，阳历在8月7~9日。“秋”字由“禾”与“火”字组成，是禾谷成熟的意思。秋季是天气由热转凉，再由凉转寒的季节。

立秋之后仍有一伏，依然很热，人们将这种天气称为“秋老虎”。到了秋季，一般是中午热，早、晚凉，而且，每下一场雨天气都会变凉一点，被称为“一场秋雨一场凉”。立秋后，秋风带来了与夏天不一样的凉意，秋蝉开始鸣叫，植物开始落叶了。古人总爱写梧桐落叶，如诗中所写的“一叶梧桐落半庭”，而更有名的词句是李清照在《行香子》中写的：“草际鸣蛩，惊落梧桐，正人间天上愁浓。”这也是成语“落叶知秋”的出处。

立秋标志着田间收获的开始，人们享受着丰收的乐趣。俗语说：“立秋摘花椒，白露打胡桃，霜降摘柿子，立冬打软枣。”每年立秋，随着农作物的成熟，许多地区也进入了晒秋的时节。晒秋是一种典型的农俗现象，具有极强的地域特色。湖南、江西、安徽等地生活在山区的农民们，由于村庄平地极少，地形地貌复杂，只好利用房前、屋后，以及自家的窗台、屋顶架晒或挂晒农作物。到了立秋，人们将柿子、玉米、红薯等农作物从田间收回家里，将黄澄澄的玉米去叶，晒满门前宽阔的水泥地坪；将红薯切片，然后摊在用竹篾编织的簸箕中，一簸箕一簸箕摆放在屋顶浅灰色的盖瓦上；将火红的柿子平铺在窗台上。晾晒着的一片片橙红和金黄的农作物，掩映在乡间青青的山峦、繁茂的老树和秋季盛开的野花间，展现出一派丰收的热闹景象。

秋夕

杜牧

银烛秋光冷画屏，
轻罗小扇扑流萤。
天阶夜色凉如水，
坐看牵牛织女星。

在秋夜里，烛光映照着清冷的画屏，小宫女手拿着轻巧的罗扇扑打着萤火虫。

宫中的石阶在夜色寒光的笼罩下十分清冷，她坐在石阶上，凝望着牛郎星和织女星。

夜晚到户外，可以看到东南方的天空中有一颗明亮的星星，那就是牛郎星。牛郎星和两旁亮度小一点的两颗星组合在一起，看起来就像牛郎用扁担挑着箩筐，箩筐中坐着两个小孩，它们合起来被称为“扁担星”。隔着银河，也有一颗明亮的星星，旁边围绕着四颗小星，好像织布的梭子，那就是织女星。

七夕始于汉朝，是中国的传统节日之一。而牛郎和织女的传说比七夕出现的时间更早。《诗经·小雅·大东》中就有牛郎和织女的记载。南朝时编的《古诗十九首》中讲述了“迢迢牵牛星”和“皎皎河汉女”的故事。最著名的诗词要数秦观的《鹊桥仙》，“两情若是久长时，又岂在朝朝暮暮”——这句词道出了最正能量的爱情观。七夕既是情人节，又是乞巧节。许多地区的年轻姑娘会在七夕当天用树的汁兑水洗头发，据说不仅可以变得年轻美丽，而且未婚的女子可以尽快找到如意郎君。在古代，女人们会在七月初六或七月初七的晚上在庭院里向织女星乞求变得心灵手巧，这就是乞巧节的由来。这个习俗无论是在民间还是在宫中都很流行。南北朝时的乞巧方法是，女人们用五彩丝线穿针，穿得快的自然就巧了。在唐朝，宫女们会比试穿针，为了增加难度，还特制了九孔针。除了穿针，还流行“丢巧针”的游戏。方法是在七夕的这天上午，取一盆水在太阳下暴晒，水面便会产生一层薄膜。心灵手巧的姑娘一捻，就能让针浮在水面上，这便是得巧了。诗中的宫女没有参与这些热闹的节日活动，而是独自坐在美丽的星空下，笼罩在举目无亲的宫怨和百无聊赖的孤独之中。

山居秋暝

王维

空山新雨后，天气晚来秋。
明月松间照，清泉石上流。
竹喧归浣女，莲动下渔舟。
随意春芳歇，王孙自可留。

空旷的群山沐浴了一场新雨，夜幕降临使人觉察到已是初秋时节。皎皎明月从松林的间隙中倾洒而下，清清泉水在山间的石块上淙淙流动。

竹林中传来阵阵欢声笑语，那是姑娘们洗衣归来，莲叶摇动应该是上游荡下渔舟了。春日的芳菲就任随它消歇吧，我们不妨在秋天的山中久留一会儿。

处暑是二十四节气之中的第十四个节气，也是秋天的第二个节气，阳历在8月22~24日。处暑即“出暑”，是炎热离开的意思。暑气将于这一天结束，我国大部分地区气温逐渐下降。处暑代表气温由炎热向寒冷过渡，意味着即将进入气象意义上的秋天。

处暑前后民间会过中元节，俗称“鬼节”“七月半”。旧时，从七月初一起就有开鬼门的仪式，直到月底关鬼门为止，都会举行普度布施等活动，后来演变为祭祖。处暑之后，人们也能感受到诗中的那种秋意，纷纷从室内走出来，走到田间、山中或郊野，是迎秋赏景的好时节。

秋天，特别是秋忙前后，农事虽忙，但忙中也有许多乐趣。在乡下，壮年的劳力正在金灿灿的稻田中抢收稻子，有些老人和小孩会捡拾散落下的稻穗，所有人都享受着丰收的喜悦。稻子成熟时，玉米秆长得有一人高，正是初结穗儿的时候，小孩子经常会钻进玉米地里玩耍、做游戏。嘴馋了，他们就在地里刨个竖长的坑，拣许多枯枝放入坑中点燃，把玉米掰下来，用树枝串上，横放在坑上烧烤。不一会儿，玉米都烤熟了，小孩子们就高兴地在田间举行丰盛的玉米宴，有时也会烧烤柿子、土豆、芋头。除了这几种素食，他们还会上树掏鸟蛋，下地打兔子，然后在野地支个简易的锅，烧制美味。这种秋田里的乐趣，一代一代地传承下来，直至今日。

月夜忆舍弟

杜甫

戍鼓断人行，边秋一雁声。
露从今夜白，月是故乡明。
有弟皆分散，无家问死生。
寄书长不达，况乃未休兵。

戍楼上响起禁止通行的鼓声，秋季的边境传来大雁的哀鸣声。今天是白露节气，让人更怀念家中的亲人，还是觉得家乡的月儿更明亮。

虽然有兄弟，但都离散了，各去一方，已经无法打听到他们的消息。寄往洛阳城的家书常常不能送达，何况天下依旧战乱，世道不太平。

谈起白露，必然少不了两首诗：一首是杜甫的这首《月夜忆舍弟》；另一首是《蒹葭》。“蒹葭苍苍，白露为霜。所谓伊人，在水一方。溯洄从之，道阻且长。溯游从之，宛在水中央。”在2500年前的一个白露凝霜的秋季，秦地有位痴心人在密密苍苍的芦苇荡中，隐约见到了自己的心上人。他不停地追寻，明明见到对岸有个人影，却怎么游也游不到她的身边。伊人时而在水中央，时而在水中滩，时而在水中洲，感觉像诗人的幻象，但诗人坚信心上人真实存在。这首《蒹葭》使白露节气染上浪漫唯美的色彩。

白露（White dews）是二十四节气中的第十五个节气，也是秋季的第三个节气，阳历在9月7~9日。秋天，天气一天天地变凉，清晨经常会发现地面和植物的叶子上有许多露珠。这是因为天气逐渐转凉，但白天的温度还是比较高，等太阳一落山，气温很快下降，夜间空气中的水汽一遇冷便凝结成细小的水滴，密集地附着在花草树木的绿色茎叶或花瓣上，经早晨的太阳光照射，看上去更加晶莹剔透，惹人喜爱。白居易有诗云：“可怜九月初三夜，露似真珠月似弓。”《暮江吟》说的就是在一个可爱的秋季夜晚，天边有一弯新月照耀，江边的草地上有亮晶晶的露珠在闪烁。古人喜欢以四时来配五行，秋属金，金色白，故以白来形容秋露，因此这个节气得名“白露”。

十五夜望月寄杜郎中

王建

中庭地白树栖鸦，
冷露无声湿桂花。
今夜月明人尽望，
不知秋思落谁家。

王建（768—835年），字仲初，中唐诗人。与张籍是朋友，在乐府方面与张籍齐名，世称“张王乐府”。其诗题材广泛，同情百姓疾苦，生活气息浓厚，思想深刻。名篇有《田家行》《水夫谣》《羽林行》，今存有《王建诗集》《王建诗》《王司马集》《宫词》等。

中秋的月光照耀着庭院，地上好像铺上了一层霜雪那样白，树上栖息着鸦雀，秋露点点无声打湿了院中的桂花。

今夜，明月当空，世间人人仰望，不知道这秋日的情思落到了谁的家里？

在唐代，中秋赏月、玩月，极为盛行。中秋节的由来，与唐玄宗游月宫的神奇传说息息相关：某年八月十五的夜晚，唐玄宗与申天师在宫中祭月时，突然起了游览月宫的念头，于是申天师将手中的拐杖变成空中的银桥，两人步入月宫。只见月宫的门楼匾额上写着“广寒清虚之府”，门边有一棵高大的桂树，树下玉兔正在捣药，宫内嫦娥与其他仙女在悠扬的乐曲伴奏下，翩翩起舞。唐玄宗从月宫回到人间后，命人赶紧整理出自己暗中记下的舞曲，这就是著名的《霓裳羽衣曲》。

按古代历法的解释，八月是秋季的第二个月，称“仲秋”，八月十五又在仲秋之中，所以叫“中秋”。“中秋”一词最早在《周礼》上出现，说明早在春秋时代，君王就已开始祭月、拜月了。在民间，八月中秋，农作物和各种果品陆续成熟，人们就以中秋这天作为节日，庆祝一年的好收成。在唐朝初年，中秋节开始成为固定的节日。《唐书·太宗记》就有“八月十五中秋节”的记载。月饼也是起源于唐朝，起初是为军队祝捷的食品。在八月十五当天，唐人会在家中摆设香案，放置圆饼、西瓜、苹果、葡萄等供品拜月，其中圆饼和西瓜是必不可少的，稍微讲究些的人家还会将西瓜切成莲花瓣状。在这一天，许多女孩子会虔诚地拜月，祈求拥有嫦娥一样的美貌。中秋节的盛行始于宋朝，宋朝商品经济发达，早在节前的几天，街市上就弥漫着节日的气氛：酒家布置酒楼，售卖新酒、月饼和花灯。到了中秋当晚，人们争相占高楼赏月、饮酒、品月饼、吃团圆饭。这种节日的习俗一直流传到现在，中秋节也成为我国仅次于春节的第二大传统节日。

中秋节的月亮圆满，象征团圆，因而又叫“团圆节”。有团圆就有分别，有分别就有离愁。“今夜月明人尽望，不知秋思落谁家。” 这首诗意境很美，是诗人在中秋节时所作，写给朋友杜元颖的。原诗诗题下作注“时会琴客”，说明诗人当时正在与朋友相聚，不是独自一人。更孤独的咏月诗，当然首推李白的《静夜思》：“举头望明月，低头思故乡。”千百年来，该诗脍炙人口，直击人心，至今老幼皆晓。他的另一首《月下独酌·其一》：“花间一壶酒，独酌无相亲。举杯邀明月，对影成三人。”在夜晚独自饮酒，微醺，隐隐约约看见两个影子，原来都是自己的影子，更悲切。如果说李白是浪漫悲观主义的代表，那么苏轼就是现实乐观主义的代言人。300多年后，在某一年中秋节，苏轼一边赏月一边喝酒，直到天明，喝得大醉，写下了《水调歌头·明月几时有》。众所周知，苏轼是“学霸”，“立志读尽人间书”。在喝酒时，他定然想到了谢庄的“隔千里兮共明月”（《月赋》）、张若虚的“此时相望不相闻，愿逐月华流照君”（《春江花月夜》）、张九龄的“海上生明月，天涯共此时”（《望月怀远》），他更想起了7年没见的弟弟苏辙。开篇就是天问：“明月几时有？把酒问青天。”他打破时间与空间的界限，将微观人生的悲欢离合纳入大格局的宇宙哲思中，最后升华为“但愿人长久，千里共婵娟”的千古绝唱。人世间总有那么多别离与不如意，即使山长水远，经年不能相见，只要在乎的、思念的人年年岁岁平安，能一同沐浴在温柔的月光之中，就心满意足了。

中秋团圆的背后，是阖家平安的希冀。

夜喜贺兰三见访

贾岛

漏钟仍夜浅，时节欲秋分。
泉聒栖松鹤，风除翳月云。
踏苔行引兴，枕石卧论文。
即此寻常静，来多只是君。

刻漏显示夜还未深，此时已快到秋分节气了。泉水淙淙的流淌声，吵到了栖息在松树上的白鹤，秋风吹散了遮蔽明月的云朵。

到户外踏着青苔起兴咏诗，累了则停下脚步，头枕山石歇息谈论诗文，到这种寻常的静谧山间来的，也只有你啦。

此诗写出了诗人久居静谧的山中，在秋分时节将至的一天晚上遇见友人，和他一同夜游山间的喜悦之情。秋高气爽、天气微凉，在人迹罕至的山林中，诗人难得与知己畅诉文章，由好时节和好诗友，得来好心情。

秋分是二十四节气中的第十六个节气，也是秋季的第四个节气，阳历在9月22~24日。在我国古代，秋季从立秋开始，秋分刚好平分秋季的90天。秋分后太阳直射点移至南半球，北半球得到的太阳辐射越来越少，而地面散失的热量却较多，气温降低的速度明显加快。所以有“白露秋分夜，一夜冷一夜”的说法。南方也由这一节气起才开始入秋。

秋分三候为：一候雷始收声；二候蛰虫坯户；三候水始涸。古人认为雷是因为阳气旺盛而产生的，秋分后阴气开始旺盛，所以不再打雷了。因此，雷声消失不但是暑气的终结，更是万物开始衰败的征兆，天气也逐渐变得阴冷寒凉。由于天气变冷，小虫子开始藏到洞穴里，并搬砌小土块将洞口封起来以防寒。此时降雨开始减少，天气变得干燥，水汽蒸发快，所以湖泊与河流中的水量变少，一些沼泽、水洼甚至江河变得干涸。

古代有“春祭日，秋祭月”的说法。在信奉“阴阳”的古人眼中，秋分是阴气开始产生的日子。古人认为阴气重将影响国泰民安，因此朝廷会在秋分这天拜祭月亮，为国家百姓祈福。据史书记载，早在周朝，古代帝王就有春分祭日、夏至祭地、秋分祭月、冬至祭天的习俗，祭祀的场所分别称为“日坛”“地坛”“月坛”“天坛”，分设在东、南、西、北四个方向。秋分曾是传统的祭月节，不过由于这一天在阴历八月里的日子每年不同，不一定都是月圆之时，后来就将祭月节由秋分调到了中秋。

这个节气不冷也不热，温度适宜，人们纷纷出门踏秋，岭南地区的人还流行挖秋菜（也就是野苋菜），喝秋汤。

九月九日忆山东兄弟

王维

独在异乡为异客，
每逢佳节倍思亲。
遥知兄弟登高处，
遍插茱萸少一人。

独自离家在外地为他乡客人，每逢佳节来临格外思念亲人。

遥想兄弟们今日登高望远时，佩戴茱萸时唯独少了我一人。

“遥知兄弟登高处，遍插茱萸少一人。”诗中说出了重阳节的两个重要的标志——登高和佩戴茱萸。重阳节，又称“重九节”“晒秋节”，为每年的阴历九月初九。在古代，重阳节可不只是老人节，而是全民出动的大节日，在这一天所有人都要和亲人一起登高避灾。

在民间，重阳节成了夏冬之间的时间界标。如果说上巳、寒食是人们度过漫长寒冬后到户外畅享的春游，那么，重阳节就是在秋高气爽、冬季到来之前具有仪式意义的秋游，所以有“上巳踏青，重阳辞青”的说法。重阳节的习俗就围绕着人们的这一时令感受展开。

晋代著名的田园诗人陶渊明在《九日闲居》一诗的序文中说：“余闲居，爱重九之名。秋菊盈园，而持醪靡由，空服九华，寄怀于言。”文中就同时提到菊花和酒。王勃的《九日》正是致敬陶渊明的作品：“九日重阳节，开门有菊花。不知来送酒，若个是陶家。”在重阳节，人们吃的东西都与节日相关，图个好兆头。唐朝人会采摘菊花瓣来食用，但最主要的用途还是酿菊花酒。在重阳节这一天人们把菊花和黍米一起封坛投曲，酿上整整一年，到第二年的重阳节再开坛饮用。除了菊花酒，茱萸酒也很流行。茱萸也叫“越椒”，被人们称为“辟邪翁”。其味道香辣浓烈，有驱虫去湿、逐风邪的作用，因而茱萸酒也有养生、去病的功效。除了喝酒，还要吃重阳糕。古人喜爱玩谐音，“糕”与“高”同音，在重阳节，除了登高之外，唐朝人还凑趣吃糕类食物。当天的天明时分，他们会将片糕搭在小孩的额头上，口中念念有词，祝愿子女百事俱高。

山中

王勃

长江悲已滞，
万里念将归。
况属高风晚，
山山黄叶飞。

王勃（约650—约676年），字子安，唐代文学家。他出身儒学世家，与杨炯、卢照邻、骆宾王并称“王杨卢骆”“初唐四杰”。在诗歌体裁上，王勃擅长写五律和五绝，代表作有《送杜少府之任蜀州》等。其主要文学成就是骈文，无论是数量还是质量，都堪称一时之最，代表作有《滕王阁序》等。

我滞留在长江边看着江水向东奔流而去，悲叹不已，故乡远隔万里，令我时时思念。

何况此时正逢强劲而寒凉的秋风吹起，每座山都被飘零的黄叶笼罩着。

这首诗写在暮秋时节，寒风飒飒、落叶飘零令诗人感伤不已。冬天快到了，作者内心渴望结束漂泊的日子，回到家乡。

寒露是二十四节气中的第十七个节气，也是秋季的第五个节气，阳历在每年的10月7~9日。“屈指重阳能几许，夜来寒露已为霜。”（郭印《秋日即事》）寒露和重阳总是挨着的，寒露有时在重阳之前，有时在重阳之后。在古代，过重阳节和过寒露节的习俗也是相似的。寒露的意思是气温比之前的白露时节更低，地面的露水更冷，快要凝结成霜了。从白露到寒露，时间虽然只过了半个月，但气候的变化，以及由此引起的物候变化却是很显著的。如果说白露节气标志着炎热向凉爽的过渡，那么寒露节气就是凉爽向寒冷的转折。寒露时节天气由凉转冷，早晨、入夜更是寒气袭人，露水更多，当人体接触这些露水时会感受到一股凉意。 寒露时节，全国各地已全面进入秋季。北方是一派深秋景象，山上的枫树变红了，层林尽染；南方也由夏转秋，荷花开败了，菊花正盛放。

自寒露起，天气渐寒，万物衰败。白居易的《池上》一诗中有“兰衰花始白，荷破叶犹青”这样的诗句，元稹的《咏廿四气诗·寒露九月节》写道：“ 寒露惊秋晚，朝看菊渐黄。千家风扫叶，万里雁随阳。化蛤悲群鸟，收田畏早霜。因知松柏志，冬夏色苍苍。”民间一直有“春捂秋冻”的说法。到了寒露，就不能再“秋冻”了，夜晚温度将会降得更低，要开始注意保暖了。

枫桥夜泊

张继

月落乌啼霜满天，
江枫渔火对愁眠。
姑苏城外寒山寺，
夜半钟声到客船。

张继，字懿孙，唐代诗人，生卒年不详，生平事迹不详，约公元753年在世，与刘长卿为同时代人。他的诗爽朗激昂、不事雕琢、比兴幽深，对后世颇有影响。其流传下来的诗不到50首，代表作为《枫桥夜泊》。

月亮西沉、乌鸦啼叫，夜晚寒气满天， 我整夜睡不着，看着江边的枫叶和江上的渔火。

姑苏城外那寂寞清静的寒山古寺上， 半夜敲钟的声音传到了我的客船里。

《枫桥夜泊》是安史之乱后，诗人张继途经苏州寒山寺时，写下的一首羁旅诗。月亮西沉、乌鸦啼叫，江畔的红叶和江中的点点渔火在风中摇曳。诗人在客船中辗转难眠，暮秋寒霜映衬着诗人的满腔愁苦，将他的羁旅之思，家国之忧，以及漂泊不定的忧虑充分地展现出来。

此时应该是江南的霜降时节，因为诗中的寒霜出现于晴朗的月夜。当昼夜温差大时，到了夜晚地面散热多，温度骤然下降到零度以下，靠近地面的水汽就会凝结在溪边、桥间以及树叶和泥土上，形成细小的冰针，有的会结成六角形的霜花。李商隐的《霜月》也是描写这个时节的诗："青女素娥俱耐冷，月中霜里斗婵娟。"

霜降是二十四节气中的第十八个节气，也是秋季的最后一个节气，阳历在每年的10月23~24日。霜降节气含有天气渐冷、初霜出现的意思，意味着秋季结束，冬天即将开始。在气象学上，一般把秋季出现的第一次霜称为"早霜"或"初霜"，而把春季出现的最后一次霜称为"晚霜"或"终霜"。霜降时节，菊花盛开，因此人们给早霜起了个诗意的名字——"菊花霜"。

霜降时节，养生保健尤为重要，在南方很多地区都有吃柿子的习俗。住在农村的人到了这个时候会爬上一棵棵高大的柿子树，摘上几个红彤彤的柿子吃。这样不但可以御寒保暖，同时还能补筋骨，民间还认为在霜降这一天吃柿子能预防流鼻涕，使嘴唇不干裂。

秋词·其一

刘禹锡

自古逢秋悲寂寥，
我言秋日胜春朝。
晴空一鹤排云上，
便引诗情到碧霄。

自古以来，文人墨客都悲叹秋天万物凋敝、萧条凄凉。我却说秋天远远胜过春天。

秋高气爽，晴空万里。一只仙鹤推开云层，直飞上天，也激发了我的诗情飞向云霄。

这首豪气冲天的《秋词·其一》，其实是诗人被贬谪时所作。永贞元年（805年），唐顺宗即位，任用“二王”“八司马”改革朝政，在历史上被称为“永贞革新”，刘禹锡正是“八司马”之一。革新仅仅持续了100多天，后来唐顺宗被迫退位，“二王”被杀、“八司马”被贬，34岁的刘禹锡被贬为朗州司马。此后，刘禹锡仕途坎坷艰辛，到晚年情况才渐渐好转，最后在洛阳去世，终年71岁，与他的好友白居易一样，在唐朝诗人中算是高寿的了。

刘禹锡的政治生涯与他的文学成就是紧密联系在一起的，也与他的好朋友柳宗元的命运息息相关。19岁，刘禹锡游学洛阳、长安，崭露头角。22岁，进士及第，同榜进士及第的还有21岁的柳宗元，两人因考试相遇，一生引为知己。后来两人都参加了力图革除弊政的永贞革新，革新失败后一同被贬，刘禹锡被贬朗州，柳宗元被贬永州。这首《秋词·其一》正是写于此时。《秋词·其二》为：“山明水净夜来霜，数树深红出浅黄。试上高楼清入骨，岂如春色嗾人狂。”10年后，两人奉召回京。刘禹锡写了《元和十年自朗州至京戏赠看花诸君子》：“玄都观里桃千树，尽是刘郎去后栽。”此诗令宰相武元衡感到不快，在长安还没停稳脚，两人又被下放，刘禹锡被外放播州，柳宗元被外放柳州。柳宗元得知消息后，想起了刘禹锡有位80多岁的老母亲，又想起当年自己与母亲在永州境遇困窘，母亲不到半年就过世了。他上书皇帝，请求“以柳易播”，后来经裴度的帮助，刘禹锡的贬谪地改为比柳州更好的连州。从长安下连州和柳州有一大段路相同，刘禹锡和柳宗元结伴南行，一边旅行一边饮酒和诗，到了衡阳，终于要分别了。这次是他们最后的相聚。

元和十四年（819年），刘禹锡扶母亲的灵柩北归，到衡阳时听到柳宗元在柳州病逝的噩耗，悲痛得像发了狂。柳宗元临死前，将自己的幼子周六和全部遗稿托付给刘禹锡。刘禹锡不负重托，将遗稿整理、编撰成集，将周六抚养成人。如果没有刘禹锡的努力，也许今天我们就读不到《江雪》。

长庆元年（821年）刘禹锡被任命为夔州刺史，后调任和州刺史。5年后，他奉调回洛阳，从初次被贬到这时，前后历经23年，刘禹锡已经56岁。大和二年（828年），刘禹锡回朝任主客郎中时，又写了《再游玄都观绝句》："种桃道士归何处？前度刘郎今又来。"这首诗算是《元和十年自朗州至京戏赠看花诸君子》的续诗。此时，距离上一次贬谪已经过了14年。之后，刘禹锡的政途比较顺遂，历任苏州刺史、汝州刺史、同州刺史。开成元年（836年）开始，任东都闲职，晚年一直待在洛阳，与朋友白居易、裴度、韦庄等交往，生活闲适，死后被追赠为户部尚书。

刘禹锡少年成名，壮年坎坷，晚年圆满。他在被贬朗州时写下"晴空一鹤排云上，便引诗情到碧霄"。在赴任和州刺史途中，他写下著名的《西塞山怀古》："今逢四海为家日，故垒萧萧芦荻秋。"在和州任上，他被当地知县排挤，三换居室，最后住进城中破陋的小房间里，写出了流芳千古的《陋室铭》："斯是陋室，惟吾德馨。"后来，他调任洛阳，遇到白居易，白居易感慨"亦知合被才名折，二十三年折太多"，在回赠诗中，刘禹锡写道："沉舟侧畔千帆过，病树前头万木春。"难怪，洒脱无比的白居易称他为"诗豪"——豪气干云，且随时自带正能量。

刘禹锡的初心都在他的两句诗中：“我本山东人，平生多感慨”“丈夫无特达，虽贵犹碌碌”——我知道敢想敢说是我的优点，也是我的缺点。每个人所追求的人生都不一样，我追求的不是唯唯诺诺、庸庸碌碌带来的高官厚禄，而是革除弊政、坚持真理的政治理想和人生抱负。

灵隐寺

宋之问

鹫岭郁岧峣，龙宫锁寂寥。
楼观沧海日，门对浙江潮。
桂子月中落，天香云外飘。
扪萝登塔远，刳木取泉遥。
霜薄花更发，冰轻叶未凋。
夙龄尚遐异，搜对涤烦嚣。
待入天台路，看余度石桥。

宋之问（约656—约712年），字延清，初唐诗人，律诗的奠基人之一，与沈佺期并称“沈宋”。其在政治上趋炎附势，在为人上品行不端。代表作有《江亭晚望》《晚泊湘江》《题大庾岭北驿》《度大庾岭》等。

飞来峰高耸，草木葱茏，
佛殿威严肃穆，但有些寂寞。
楼上可远望壮美的日出，
寺门外能望见钱塘江大潮。
中秋时常有桂花落进寺院里，
和着佛香升腾，飘向九霄云外。
攀缘藤萝登上远处的古塔，
将树木挖空，盛放从远处打来的泉水。
薄霜中山花开得更烂漫，
树叶没有因寒冷而凋落。
早年我追求远方独特的美景，
用来洗涤尘世中的烦恼。
等到我走上天台山的路，
就能看我过山中的石梁桥了。

《灵隐寺》是初唐诗人宋之问在被贬途中，经过杭州，游灵隐寺时所作。诗作清新雄壮，带有出世的洒脱。一句“桂子月中落，天香云外飘”写出了清香、悠远、宁静的秋夜氛围。白居易的《忆江南》写的也是杭州的钱塘潮、寺庙与桂花：“江南忆，最忆是杭州；山寺月中寻桂子，郡亭枕上看潮头。何日更重游！”回忆起在杭州的时候，在天竺寺中借着月光寻找桂花，真是人生一大雅事。

在桂花诸品中，属秋桂香最浓。古人赋予了秋月美好的形象，也赋予了桂花独特的文化内涵。说起桂花，人们会想起月宫里的桂树，古人甚至认为人间的桂树是天上的桂树落下来的种子生成的。古代的读书人钟爱桂花，留下了“三秋桂子，十里荷花”“人闲桂花落，夜静春山空”等许多吟咏桂花的名句。古时科举考试要在桂苑举行，金榜题名则称为“折桂”。

古人喜好在住宅四周栽种桂树，到了秋天，桂树会开出淡黄色的小花，秋风吹过，满庭芳香。到了桂花凋落的时节，有心的女孩子会将干净的布铺在树下，过两天将布上的桂花收集起来，这种“未落地”的桂花据说留香持久，可以做可口的食物、简易化妆品，还可以酿酒。糯米桂花藕、藕粉桂花糖糕、枸杞桂花茶、桂花紫薯糯米饭、桂花酒酿细圆子、桂花杏仁豆腐……美味的桂花食品应有尽有。在古代，女人们还会用桂花自制用来梳头的桂花油。《红楼梦》中的公子哥和小姐们行酒令时，就有“女儿愁，无钱去打桂花油”的诗句。

古人认为桂为百药之长，所以常用桂花来酿酒。在汉代，桂花酒是人们用来敬神祭祖的供品，祭祀完毕，晚辈会向长辈敬奉桂花酒，长辈喝下之后可以延年益寿。在唐朝，“文艺圈”中流行饮桂花酒，据说刘禹锡就很擅长酿制桂花酒。

菊花

元稹

秋丛绕舍似陶家，
遍绕篱边日渐斜。
不是花中偏爱菊，
此花开尽更无花。

元稹（779—831年），字微之，别字威明，唐代著名诗人、文学家。元稹与白居易共同倡导新乐府运动，世称“元白”，诗作号为“元和体”。元稹的创作以诗成就最大，其诗言浅意深，扣人心扉，代表作有《菊花》《离思》五首等。现存诗830多首，收录诗赋、诏册、铭谏、论议等共100卷，有《元氏长庆集》存世。

从丛秋菊围绕房舍，好似来到了陶渊明的故居。围绕篱笆观赏菊花，不知不觉太阳已经快落山了。

并非我特别偏爱菊花，只是在寒菊凋零后，就再也无花可赏了。

菊花以清寒傲雪的品格著称，是中华民族的一个著名的文化符号，与梅、兰、竹并称为“花中四君子”。我国栽培菊花的历史已有3000多年。关于菊花最早的记载见之于《周官》《埠雅》。《礼记·月令篇》：“季秋之月，鞠有黄华。”说明菊花是秋天开花，花是黄色的。《诗经》有关于菊花的记载，《离骚》中也有“朝饮木兰之堕露兮，夕餐秋菊之落英”的诗句。

从古至今，爱菊之人，数不胜数。其中名气最大的当推东晋的陶渊明。他爱菊成癖，写过不少咏菊诗句，如《饮酒·其五》中的“采菊东篱下，悠然见南山”就是流传千古的名句，后世的许多大诗人都是他的“粉丝”。王勃的 “不知来送酒，若个是陶家”，李白的“陶令日日醉，不知五柳春”，杜甫的“宽心应是酒，遣兴莫过诗。此意陶潜解，吾生后汝期”都是致敬“偶像”的诗。后来的大文豪苏东坡对陶渊明有很高的评价，他写有《和陶止酒》《和陶连雨独饮二首》等100多篇和陶诗，可见其对陶渊明的喜爱。

菊花的适应性强，一年四季几乎都会有不同品种的菊花开花。主要分为三类，即夏菊、秋菊、冬菊。夏菊，又名“五九菊”，在每年阴历五月及九月各开花一次。秋菊的花期则有早、晚之分，早菊花期在九月中下旬；晚菊花期在十月至十一月，晚菊是栽培最普遍的秋菊。冬菊也称“寒菊”，花期自十二月至翌年一月。古代诗人吟咏菊花的诗非常多，仔细品读，会发现他们写于不同季节的诗赞美的是不同种类的菊花。其中，诗人赞美的傲雪菊花特指寒菊。

南宋郑思肖的名句“宁可枝头抱香死，何曾吹落北风中”，正是赞美寒菊高洁的气质。

中国人有重阳节赏菊和饮菊花酒的习俗。重阳节也被称为“菊节”，孟浩然的《过故人庄》中就有“待到重阳节，还来就菊花”的诗句。此外，在神话传说中菊花还被赋予了吉祥、长寿的含义。唐朝时，菊花栽种已经很普遍了，除了黄色的菊花，唐人还嫁接出紫色和白色的品种。如李商隐所写的“暗暗淡淡紫，融融冶冶黄”，就提到不同颜色的菊花。到了宋朝，每逢重阳佳节，不仅民间有花市赛菊之举，宫廷中也养菊、插菊花枝、挂菊花灯、饮菊花酒。菊花会就是从南宋的杭州开始流行的。菊花会上除了展出各色珍稀的菊花外，还有用小白菊、小黄菊等小花茎的菊花扎成的“宝塔”“门楼”。到了明清时期，画菊蔚然成风，成为盛行一时的文化现象。我国是菊花的故乡，世界上许多国家的菊花都是由我国传出去的。公元8世纪前后，作为观赏的菊花由中国传至日本。到了镰仓时代（约是中国的南宋时期），后鸟羽天皇开始将菊花作为日本王室的纹章。17世纪末叶荷兰商人将中国菊花引入欧洲，19世纪中期中国菊花被引入北美洲。此后，中国菊花遍及全球。

山行

杜牧

远上寒山石径斜，
白云生处有人家。
停车坐爱枫林晚，
霜叶红于二月花。

沿着弯弯曲曲的小路登上秋天的山，远远望见山中那白云生处居然有人家。

停下轿子来，是因为喜爱这深秋傍晚的枫林，秋霜染过的枫叶，比春天的花朵还要鲜艳呀！

在夕晖晚照下，诗人静坐在红枫林中，看着枫叶流丹，层林尽染，它比二月的春花还要火红，还要艳丽，与晚霞交相辉映。这一抹明艳的红色，爆发出春季的生命力，使深秋的山林呈现出一派热烈的、生机勃勃的景象。

枫叶变红是因为枫树的叶片中花青素增加的缘故。入秋以后，白天与夜晚的温差变大，枫叶内的花青素激增，叶绿素被大量分解掉，因此绿叶就变成红叶了。历代的文人墨客很爱吟咏这种特别的植物。南宋杨万里的《秋山》写道："小枫一夜偷天酒，却倩孤松掩醉容。"将枫叶拟人，说枫叶偷喝了天酒，一夜之间就醉了，现出酡红。晚唐诗人许浑则写出了红叶的另一种风情："劳歌一曲解行舟，红叶青山水急流。日暮酒醒人已远，满天风雨下西楼。"

在唐朝，还流传着一个与红叶有关的美丽传说。诗人顾况年轻时居住在洛阳，与几个朋友到宫苑外游春。走到上阳宫墙外的御沟边时，顾况发现水上漂着一片红叶。他把红叶打捞起来后，发现叶上题有一首小诗："一入深宫里，年年不见春。聊题一片叶，寄与有情人。"回到住处后，顾况看着捡到的红叶，联想到上阳宫中的宫女，感慨万千。第二天，他走到御沟上游，将自己写的诗抄在红叶上，将红叶放入水中。这首诗就是著名的《叶上题诗从苑中流出》："花落深宫莺亦悲，上阳宫女断肠时。君恩不闭东流水，叶上题诗寄与谁。"虽然后来，许多有心人杜撰了美好的结局，但最终宫女的命运如何却不得而知。一片红叶承载着宫女浓烈青春与久居深宫的哀怨，一片红叶题写着收信人的"懂得"与无处回应的情意。跨越千年，今天读起来仍隐隐约约能感知到这两片红叶的温度。

离思

元稹

曾经沧海难为水，
除却巫山不是云。
取次花丛懒回顾，
半缘修道半缘君。

曾经领略过苍茫的大海，别处之水就全都进不了眼。曾经体会过巫山的云霭，别处之云都黯然失色。

即使身处百花丛中，我也不会因留恋某种花而回头一望。这也许是因为正在修道，也许是因为你吧。

这首诗是中唐时期的大才子元稹纪念妻子韦丛的悼亡之作。元稹自幼丧父，家境贫寒，幼年时吃过很多苦。后来元稹被朝中太子少保韦夏卿看中，后者将自己最喜爱的小女儿韦丛嫁给他为妻。这桩婚姻颇有政治色彩。韦丛虽然出身权贵之家，但嫁给元稹之后便夫唱妇随，操持起清贫的家庭生活。两人在婚后百般恩爱，感情很好。幸福的日子是那么短暂，贫寒的生活和多次生育大大损伤了韦丛的健康，结婚7年后，年仅27岁的韦丛因病去世。

这一年是元和四年（809年），三十出头的元稹升任监察御史。原以为这是幸福生活的起点，元稹却得到爱妻病逝的噩耗。他请当时的大才子韩愈为妻子撰写墓志铭："夫人于仆射为季女，爱之，选婿得今御史河南元稹。""夫人固前受教于贤父母，得其良夫，又及教于先姑氏，率所事所言皆从仪法。"自己也写下这首名作《离思》，以及著名的《遣悲怀》三首。

元稹是有名的大才子，长得也特别帅，白居易说他"仪形美丈夫"。然而，元稹并不像他的诗那样痴情与专一。从他的个人经历来看，他身边的女人一个接着一个，就像走马灯一样。早在认识韦丛前，他就与崔莺莺有过一段缠绵缱绻的爱情，王实甫的《西厢记》就是以元稹的《莺莺传》为蓝本，而《莺莺传》则是元稹的自传。元稹对崔莺莺"始乱之""终弃之"。在韦丛去世前，元稹出差到西蜀，想办法结交了比自己大11岁的大才女薛涛，两人郎情妾意，度过了一段幸福时光，这短暂的3个月，薛涛用了整个后半生来追忆。韦丛去世一年后，元稹就娶了朋友李景俭的妹妹做小妾。

几年后，这位小妾过世，元稹又再娶了裴淑为妻。元稹改任越州刺史后， 与浙东名妓刘采春也有瓜葛，他的《赠刘采春》写道：“更有恼人肠断处，选词能唱望夫歌。”

元稹善写情诗，他的“曾经沧海难为水，除却巫山不是云”“诚知此恨人人有，贫贱夫妻百事哀”“惟将终夜长开眼，报答平生未展眉”都是脍炙人口的名句，为后世所传诵。然而，和他交往的女人，几乎人人因他而陷入不幸。

这些美丽的情诗，最终成就的是元稹自己。

送友人

薛涛

水国蒹葭夜有霜，
月寒山色共苍苍。
谁言千里自今夕，
离梦杳如关塞长。

薛涛（约768—832年），字洪度，唐代女诗人，成都乐妓。16岁入乐籍，与韦皋、元稹有过恋情，脱乐籍后，终身未嫁。后人将她与鱼玄机、李冶、刘采春并称“唐代四大女诗人”，将她与卓文君、花蕊夫人、黄娥并称“蜀中四大才女”。薛涛流传至今的诗作有90多首，收于《锦江集》中。

水国的草木起霜了，月色凄寒，在夜幕笼罩下与深青山色浑然一体，一片苍苍茫茫。

谁说友人千里之别从今晚开始？我担忧离别后连相逢的梦也杳无踪迹，它竟像迢迢关塞那样遥远。

这首《送友人》是唐代女诗人薛涛的代表作之一，也是唐代送别诗中的名篇。

薛涛本是长安人，因父亲薛郧得罪权贵被贬到四川，从此在四川定居。她父亲学识渊博，把这个唯一的女儿视为掌上明珠，从小教她读书、写诗。薛涛14岁那年，父亲去世。由于生活困顿，16岁的薛涛不得已，加入乐籍，成了一名乐妓。1年后，在一次酒宴中，色艺双绝的薛涛凭借一首即兴诗《谒巫山庙》赢得了中唐名将、剑南节度使韦皋的青睐。

韦皋很宠爱薛涛，让她经常出入帅府，并参与一些案牍工作，称她为“女校书”。前来四川的官员为了求见韦皋，常走薛涛的后门，给她送礼行贿。过着春风得意的日子，让薛涛不免有些恃宠而骄。不久，她被韦皋一纸文书发配松州。在无依无靠的恐惧中，薛涛看清了自己，也认定了未来的路。随后，她写下了动人的《十离诗》，感动韦皋，又回到了成都。归来不久，韦皋去世，她在武元衡的帮助下脱去乐籍，恢复了自由身。

20岁的薛涛，寓居在杜甫待过的成都西郊浣花溪畔，院子里种满了枇杷。当时许多著名诗人都是她的座上宾，历任节度使也对她礼遇有加。元和四年（809年）三月，42岁的薛涛与31岁的诗人元稹在梓州相见，开始了一段刻骨铭心的爱情，这是薛涛人生中最快乐的一段时光。3个月后，元稹调离川地，两人分别了。分别之初，薛涛还经常收到元稹的情诗，慢慢地书信也少了。历经世事的薛涛也许早就预想到这样的结局，“士人重官婚”，韦丛在时，她没有机会；韦丛过世后，她同样没有机会。她对元稹而言，不过是过客。对他人要现实主义，但对自己可以理想主义。此后，她没有再追寻元稹，也没有寻死觅活的做派。只是，她放任自己在亲手制作的薛涛笺上，写下一首首望春词。

与元稹分开后，大文豪白居易向她抛来橄榄枝："峨眉山势接云霓，欲逐刘郎北路迷。若似剡中容易到，春风犹隔武陵溪。"当时的诗坛领袖张籍、王建、刘禹锡、杜牧、张祜等都为薛涛作过诗，"万里桥边女校书，枇杷花里闭门居。扫眉才子于今少，管领春风总不如"。薛涛和他们交往甚多，宴饮唱和，但再没有交出过真心。有一次飞蛾扑火的爱情就够了，才子们的爱情样本，想必都一样吧。

唐代四大女诗人中，李冶身陷党争，被唐德宗下令乱棒扑杀；鱼玄机因妒杀女婢被处死；刘采春一生漂泊，据说最终投水自尽……与其他三位唐朝女诗人相比，薛涛算是始终理智地把控着自己的命运，最终为自己画上了完满的句号。大和五年（831年），元稹卒于岳州灾区。第二年的夏季，薛涛安详地闭上了双眼。薛涛一生作诗共计500多首，这些诗歌大多散失，流传至今的有90多首。

然而，这样的人生也不是没有遗憾的，正如鱼玄机所说："易求无价宝，难得有心郎。"与心上人白头偕老，这是古今中外的女子最一致的心愿。可惜，时代和命运没有给薛涛机会。

旅夜书怀

杜甫

细草微风岸，危樯独夜舟。
星垂平野阔，月涌大江流。
名岂文章著，官应老病休。
飘飘何所似，天地一沙鸥。

微风吹拂着江岸的小草，那立着高高桅杆的小船在夜里孤独地停泊着。

星星垂在天边，平野显得宽阔，月光随波涌动，大江滚滚东流而去。

我难道是因为文章而著名，年老病多也应该休官了。

自己到处漂泊像什么呢？就像天地间一只孤零零的沙鸥。

这首诗一向被认为是杜甫于永泰元年（765年）秋天抵达忠州后所作。是年正月，杜甫辞去官职，返居成都草堂。四月，友人严武去世，杜甫在成都失去依靠，于是携家带口从成都乘舟东下，经嘉州（今四川乐山）至忠州（今四川忠县）。

杜甫生活在唐朝由盛转衰的时代，他的前半生致力于考取功名，实现政治抱负；后半生则颠沛流离，在忧国忧民中，真实地记载下当时的社会动荡、政治黑暗和民生疾苦。唐朝的盛衰以天宝十四年（755年，即安史之乱爆发）为界，而对于唐朝这位最伟大的现实主义诗人而言，也是如此。这一年，杜甫44岁，他为了生计不得不接受朝廷赐予的小官职，十一月回奉先省家，发现小儿子已饿死在家中，然后安史之乱爆发了。他的政治生涯结束了，家庭陷入极悲惨的境地，而他希冀的“再使风俗淳”的国家也分崩离析。

也正是这一年，杜甫将在长安10年的感受和沿途见闻，写成了著名的《自京赴奉先县咏怀五百字》。在安史之乱中，他两次投奔唐肃宗。后来被贬华州时，他目睹唐军与安史叛军的邺城（今河南临漳县西、安阳市北郊一带）之战，亲历战乱给百姓带来的无穷灾难和人民忍辱负重参军参战的爱国行为，奋笔创作了不朽的史诗——“三吏”和“三别”。乾元二年（759年）至永泰元年（765年），在严武的帮助下，他在成都浣花草堂过了7年相对安稳的日子。他离开成都后，辗转到达夔州（今四川奉节），像一只孤零零的沙鸥在此暂住。这一时期，诗人的创作达到了高潮，不到2年，作诗400多首，占现存作品的30%，有《春夜喜雨》《茅屋为秋风所破歌》《蜀相》《闻官军收河南河北》《登高》《登岳阳楼》等大量名作。“安得广厦千万间，大庇天下寒士俱欢颜。”写出了历经困顿、坎坷的杜甫最质朴的愿望。

杜甫一生写诗1500多首，流传下来的诗篇是唐朝诗人里最多、题材最广泛的，他是唐代最杰出的诗人之一，对后世影响深远。他的诗真实记录了唐代由盛转衰的历史巨变，再现了当时的社会矛盾和民间疾苦，表达了崇高的儒家仁爱精神和强烈的忧患意识，被后世誉为“诗史”。

冬

立冬

李白

冻笔新诗懒写，
寒炉美酒时温。
醉看墨花月白，
恍疑雪满前村。

立冬之夜，笔墨都冻住了，新诗就懒得作了，温起酒来与炉火相伴。

喝到微醉，看见一地月光，竟当成了村前的雪迹。

立冬是二十四节气中的第十九个节气，也是冬季的第一个节气，阳历在每年11月7~8日。“立”表示建立，是冬季自此开始的意思；“冬”表示终了，就是一年终结的意思。我国把立冬视为冬季的开始。立冬与立春、立夏、立秋合称“四立”，是我国的传统节日之一。此时，在北方，正是“水结冰，地始冻”的孟冬之月，而在南方，还是小阳春的天气。李白写的立冬之夜是在北方，天已经变冷了，屋里烧着炉子，炉子上温着美酒。从屋外传到屋里的寒气，让李白错将白月光认成了冬天的霜雪。

立冬是十月的大节，汉魏时期，这一日天子要亲率群臣迎接冬季，对为国捐躯的烈士进行表彰，对其家小进行抚恤。在民间，有祭祖、饮宴、卜岁等习俗，以时令的美食向祖先献祭，同时也祈求上天赐予来岁的丰年。冬天百虫蛰伏，许多野兽冬眠了。人类虽然不会冬眠，但也有立冬进补的说法。谚语说：“立冬补冬，补嘴空。”人们劳动了一年，也会利用立冬这一天休息，顺便犒劳一家人的辛苦。立冬之日，不同地区的人们都会进食营养品，为抵御冬天的严寒做好准备。不同的地区吃的补冬美食各不相同：北方地区天气寒冷，进补的食物大多为大温大热之品，如牛肉、羊肉、狗肉等；长江以南地区虽然已经入冬，但气温比北方还是要高得多，进补以清补甘温之味为主，如鸡、鸭、鱼类；地处高原山区的人们，处于雨量少、气候偏干燥的地带，则偏好吃果蔬、冰糖等甘润生津的食物。

小雪

戴叔伦

花雪随风不厌看，
更多还肯失林峦。
愁人正在书窗下，
一片飞来一片寒。

戴叔伦（约732—约789年），唐代诗人，字幼公（一作次公）。他对所有诗歌体裁皆有所涉猎，作品多表现隐逸生活和闲适情调，但《女耕田行》《屯田词》等诗篇也反映了人民生活的艰苦。今存诗二卷，多混入宋代、元代、明代诗人的作品中。

随风飞舞的雪花很是好看，百看不厌，雪再下一阵子树林和山峦都将看不见了。

我忧愁地坐在书房的窗户下，窗外飞来一片雪花也带进来一阵严寒。

小雪是二十四节气中的第二十个节气，也是冬季的第二个节气，阳历在每年11月22~23日。进入该节气，西北风开始成为常客，气温下降，逐渐降到零度以下，这时虽然已经开始降雪，但雪量不大，故称“小雪”。小雪节气间，夜晚到户外观星，会看见北斗星西沉，仙后座则升入高空，代替北斗星为观星的人们导航，四边形的飞马座正升入空中，冬季星空的标识——猎户座，已在东方地平线上若隐若现了。

在这个节气，黄河以北地区会出现初雪。当初雪飘然来到的时候，有些人像诗人一样忧愁，有些人却十分欣喜，会到户外赏雪。在雪天，古人会围炉而坐，烹上一壶茶，或煮上一壶酒。像北宋的徐铉一样“独试新炉自煮茶”，或者像白居易一样，在烧得旺旺的小火炉边，与朋友们涮着羊肉，喝着新酒，谈天说地。而在南方地区，小雪时节就开始进入冬季。“荷尽已无擎雨盖，菊残犹有傲霜枝”，江南已经呈现初冬景象。

民间有“冬腊风腌，蓄以御冬”的说法。小雪后气温急剧下降，天气变得干燥，是制作腊肉、腌肉的好时候。一些农家开始动手用剩余的鲜肉做香肠、腊肉，等到春节的时候正好享受这些美食。在南方，还有阴历十月吃糍粑的习俗。将糯米蒸熟捣烂后，制成糍粑，要吃的时候煮上一块或煎上一块，蘸白糖吃，十分美味。

雪诗

张孜

长安大雪天，鸟雀难相觅。
其中豪贵家，捣椒泥四壁。
到处爇红炉，周回下罗幂。
暖手调金丝，蘸甲斟琼液。
醉唱玉尘飞，困融香汁滴。
岂知饥寒人，手脚生皴劈。

张孜，唐末诗人，主要活动于唐懿宗、唐僖宗时代。他嗜酒如命，与诗人李山甫是朋友。其诗今天仅存《雪诗》一首完整的作品以及《梦李白歌》等残篇。

长安城中下起大雪，大雪纷飞，迷茫一片，连鸟雀也迷失了方向。富贵人家并不怕冷，用花椒子拌和的泥涂墙保暖。他们的家中处处烧着红炉，四周放下重重罗帐以遮挡寒风。

宴席上歌女奏乐，将美酒斟满杯子。室外飘着大雪，室内宴饮正酣，美人歌舞不息，香汗淋漓。他们哪里知道城中饥寒的人，手和脚都冻裂了，痛苦不堪。

大雪是二十四节气中的第二十一个节气，也是冬季的第三个节气，阳历在每年12月6~8日，标志着仲冬时节的正式开始。

大雪，顾名思义就是雪量大。古人云："大者，盛也，至此而雪盛也。"到了这个节气，雪往往下得大，范围也广。在古代，冬天，特别是穷苦人家的冬天是特别难挨的。权势富贵之家，可以用椒泥涂壁，用火炉将家中烧得暖暖的，如果不出门，和平时的生活差不多。但对于普通人而言，冬天要劈柴取暖，洗漱、上厕所皆不方便，如果房屋建得不好或年久失修，大雪时就会冻得受不了。唐人有许多写大雪的名篇，如白居易的《夜雪》："夜深知雪重，时闻折竹声。"祖咏的《终南望余雪》："终南阴岭秀，积雪浮云端。林表明霁色，城中增暮寒。"刘长卿的《逢雪宿芙蓉山主人》："日暮苍山远，天寒白屋贫。柴门闻犬吠，风雪夜归人。"

民谚说："瑞雪兆丰年。"严冬积雪覆盖大地，保持地面及作物周围的温度不会因寒流侵袭而降得很低，为冬季作物创造了良好的越冬环境。积雪融化时又增加了土壤中水分的含量，能满足作物春季生长的需要。因此，大雪是第二年农作物丰收的好兆头。

邯郸冬至夜思家

白居易

邯郸驿里逢冬至，
抱膝灯前影伴身。
想得家中夜深坐，
还应说着远行人。

我住在邯郸驿站的时候，正好是冬至。晚上，我双手环抱膝盖坐在灯前，只有影子与我相伴。

今晚，家中的亲人会欢聚一堂，宴饮至深夜，也许还会谈论起我这个远行的人吧。

冬至又名“一阳生”，是二十四节气中的第二十二个节气，也是冬季的第四个节气，阳历在每年12月21~23日。冬至俗称“数九”“冬节”“长至节”“亚岁”等，早在2500多年前的春秋时代，中国就已经用土圭观测太阳，测定出了冬至，它是二十四节气中最早被确认的节气之一。

冬至也是我国非常重要的传统节日之一。古人认为从冬至这一天开始，天地间的阳气就开始逐步变强了，代表下一个循环的开始，是大吉之日。后来春节期间的祭祖、家庭聚餐等习俗也出现在冬至。因此，在冬至的夜里，白居易才会想起故乡的亲友聚会。“冬至大如年”，宫廷和民间对冬至历来十分重视，从周代起就有祭祀活动。从汉代开始，人们把冬至当作节日来过。汉代将冬至称为“冬节”，官府要举行祝贺仪式，称为“贺冬”，全国休假一天，官场上还流行“拜冬”，普通百姓也会提着美食，走亲访友。魏晋南北朝时，冬至被称为“亚岁”，流行向父母长辈拜节。唐、宋时期，冬至是祭天祀祖的日子，皇帝会在这天到郊外举行祭天大典，百姓在这一天会祭拜祖先。明、清两代，皇帝均会在这一天举行祭天大典，称为“冬至郊天”。在宫里，有百官向皇帝呈递贺表的仪式，官员们还会互相投刺祝贺，就像过元旦一样。冬至这一天，北方一般都会吃饺子，这种习俗一直沿袭到现在。

苦寒吟

孟郊

天寒色青苍，北风叫枯桑。
厚冰无裂文，短日有冷光。
敲石不得火，壮阴正夺阳。
调苦竟何言，冻吟成此章。

孟郊（751—814年），字东野，唐代著名诗人。早年贫困，曾游两湖、广西，无所遇合，屡试不第，46岁始中进士。张籍私谥其为贞曜先生。孟郊专写古诗，现存有诗500多首。

天气寒冷，天色青白，北风吹过，满目萧然。厚厚的冰上没有一点裂痕，白昼变短了，透着清冷的光。阴气正盛，阳气低迷，敲石都取不到火。在愁苦的寒冷中，我写完了这首诗。

孟郊一生困顿，性情耿介，诗多描写民间疾苦和世态炎凉，语言力戒平庸，追求瘦硬奇僻的风格。他虽然也有少数或深情或轻快的篇章，如《游子吟》中的“谁言寸草心，报得三春晖”，《登科后》中的“春风得意马蹄疾，一日看尽长安花”，但他的大多数诗还是描写失意的生活境遇，意境清冷，调子凄凉。他和贾岛齐名，都是以苦吟著称，苏东坡又称他们两人为“郊寒岛瘦”。因此，可以将这首《苦寒吟》看作诗人一生悲凉的形象写照。

小寒是二十四节气中的倒数第二个节气，也是冬季的第五个节气，阳历在每年1月5~7日。

民谚说：“冷在三九。”小寒正处于“三九”前后，其严寒程度可想而知了。各地流行的气象谚语可作为佐证。如华北一带有“小寒大寒，滴水成冰”的说法，江南一带有“小寒大寒，冷成冰团”的说法。大寒、小寒虽说寒冷，但不同年份的寒冷情况也不相同。有的年份小寒不是很冷，这往往预示大寒会很冷，广西就有“小寒不寒寒大寒”的谚语。

进入小寒后，离新春也一天天近了，年味越来越重。人们开始忙着裁新衣、写春联、剪窗花，赶集买年画、彩灯、鞭炮、香火等，陆续为春节做准备。俗语说“三九补一冬，来年无病痛”，民间在小寒这一天有吃羊肉调养身体的做法。美味的涮羊肉火锅、糖炒栗子和烤白薯成为寒冬流行的食物。

江雪

柳宗元

千山鸟飞绝，
万径人踪灭。
孤舟蓑笠翁，
独钓寒江雪。

柳宗元（773—819年），字子厚，唐代文学家、哲学家、散文家和思想家，“唐宋散文八大家”之一，世称“柳河东”“河东先生”。柳宗元与韩愈并称“韩柳”，与刘禹锡并称“刘柳”。柳宗元一生留诗文作品超过600篇，其中骈文有近百篇，散文论说性强，笔锋犀利，讽刺辛辣。其作品由刘禹锡整编为《河东先生集》，代表作有《溪居》《江雪》《渔翁》。

在所有的山上，都看不见飞鸟的踪迹；在所有的路上，都看不见一丁点儿人影。

在下着大雪的江面上，只有一个老渔翁坐在扁舟里，独自在寒冷的江心垂钓。

大寒是二十四节气中的最后一个节气，也是冬季的最后一个节气，阳历在每年1月20~21日。大寒，是天气寒冷到极点的意思。在这个节气，寒潮南下，是我国大部分地区一年中最寒冷的时期，风大，温度低，地面积雪不化，呈现出冰天雪地、银装素裹的严冬景象。柳宗元的《江雪》中一句“千山鸟飞绝，万径人踪灭”，就是这一节气最形象的诠释。过了大寒就又是立春了，即将迎来新一年的节气轮回。俗话说：“花木管时令，鸟鸣报农时。”花草树木、鸟兽飞禽均按照季节活动，在大寒节气，几乎所有的生物都收敛蛰伏，为来年新春的到来积攒力量。

在大寒至立春这段时间里，人们开始忙着除旧饰新、腌制年肴、准备年货，因为中国人最重要的节日——春节就要到了。在这期间还有一些重要的民俗和节庆，如腊八节、尾牙祭、祭灶和除夕等，有时甚至连春节也处于这一节气中。大寒节气中充满了喜悦与欢乐的气氛，是一个欢快轻松的节气。腊八节是在阴历十二月初八，在这一天，人们用粳米、糯米做主料，再添加辅料，如绿豆、红枣、花生、莲子等，熬成一锅香甜美味的腊八粥，这是人们过年前的一道主食。尾牙祭则是福建地区独具特色的传统节日，这是生意人一年活动的“尾声”，也是普通百姓春节活动的“先声”。每年阴历二月初二是“头牙”；十二月十六是“尾牙”。这一天生意人要设宴，犒劳辛辛苦苦为自己工作一年的员工。

上堂开示颂

黄檗

尘劳迥脱事非常，
紧把绳头做一场。
不经一番寒彻骨，
怎得梅花扑鼻香。

黄檗（卒于855年），别名黄蘗、黄檗希运，号称黄檗禅师，是唐代靖州鹫峰（今江西省宜丰县黄檗山）大乘佛教高僧。唐武宗时期的官员裴休在洪州钟陵县（今江西省进贤县）两次记载黄檗禅师的语录，收录在《钟陵录》《宛陵录》中，后被整编进《传心法要》。

摆脱凡尘俗世不容易，须耗费力气大干一场。

不经过彻骨的寒冷，哪有梅花扑鼻芳香。

梅花被视为最有骨气的花，与兰、竹、菊并称“花中四君子”，与松、竹并称“岁寒三友”。从商朝开始就有关于梅花的记载，至今已有4000多年的历史。上至达官显贵下到布衣平民，几千年来无一不对梅花深爱有加。它不屑于与桃李争春，而是在天寒地冻、万木凋敝时，独自挺立，在大雪中开出满树繁花，香气袭人。梅花最令人倾倒的气质，是一种“凌寒独自开”的超然物外的清逸，一种“只留清气满乾坤”的孤傲。

从梅花的气质中，诗人们看到了自己理想的人格模式，这是古代隐士的品格，也是士大夫崇尚的高洁品格。在文学艺术史上，赞梅的文人志士数不胜数，关于梅的诗和画数量之多，恐怕是其他植物所不及的。写梅花冷香色的有“雪满山中高士卧，月明林下美人来”（高启《咏梅九首》），写梅花香的有“疏影横斜水清浅，暗香浮动月黄昏”（ 林逋《山园小梅·其一》），写梅花坚忍的有“宝剑锋从磨砺出，梅花香自苦寒来”（《警世贤文》），写梅花孤傲的有“不要人夸好颜色，只留清气满乾坤”（王冕《墨梅》），写梅花不争的气质的有“无意苦争春，一任群芳妒。零落成泥碾作尘，只有香如故”（陆游《卜算子·咏梅》）。唐人崔道融的咏梅诗则满是对梅花的怜爱：“数萼初含雪，孤标画本难。香中别有韵，清极不知寒。横笛和愁听，斜枝倚病看。朔风如解意，容易莫摧残。”

古代文人对梅花情有独钟，钟爱赏梅。在《红楼梦》第五十回就描写了一段绝妙的踏雪寻梅的故事。大雪天，李纨组织姐妹们以“雪”为题办起诗社，大家在芦雪庭赏雪吟诗。李纨命宝玉去栊翠庵向妙玉要一枝红梅。宝玉欣然从命，很快就折回一枝红梅。邢岫烟、李纹、宝琴分别以“红”“梅”“花”三个字各赋诗一首。一时间，芦雪庭内热闹非常。贾母也坐轿来到芦雪庭，边赏梅花，边饮酒取乐，大家陪着贾母玩笑。回贾母住处途中大家看见白雪之中，宝琴身披凫靨裘，旁边丫头抱着一瓶红梅，竟像画中的天仙一般。原来宝琴看栊翠庵红梅开得好看，非常喜爱，出门踏雪寻梅，去栊翠庵折了几枝娇艳的红梅。“砌下落梅如雪乱，拂了一身还满。”宝琴寻梅归来，正是这样的意境。

南宋张功甫曾写过一部《梅品》，专门教人如何欣赏梅花。其中说赏梅有“二十六宜”：淡云，晓日，薄寒，细雨，轻烟，佳月，夕阳，微雪，晚霞，珍禽，孤鹤，清溪，小桥，竹边，松下，明窗，疏篱，苍崖，绿苔，铜瓶，纸帐，林间吹笛，膝下横琴，石枰下棋，扫雪煎茶，美人淡妆簪戴。

问刘十九

白居易

绿蚁新醅酒，
红泥小火炉。
晚来天欲雪，
能饮一杯无？

酿好了淡绿的米酒，烧旺了小小的红泥火炉。

天色将晚，好像要下雪了，要不要喝一杯？

白居易留下的诗作中，提到刘十九的不多，但提到刘二十八的就很多了，如《醉赠刘二十八使君》。刘二十八是诗人的好友刘禹锡。刘十九是刘禹锡的堂兄刘禹铜，他是洛阳的一位富商。《问刘十九》是白居易晚年隐居在洛阳，“天晚欲雪，思念旧人”时所作。

在洛阳，诗人隐居于履道里。按当时的标准，白居易的晚年居所并不奢华，但也绝不简朴。他晚年担任太子少傅的虚职，俸禄不少。履道里的宅子有十六七亩，其中大部分为水塘，占有十余亩，宅中种有千竿绿竹。他与一帮有名的诗友来往，刘禹锡、李绅、舒元舆、皇甫镛等文人名士都是他在洛阳时的朋友。寒风萧萧，天色将晚，在温暖的室内，诗人在暖暖的炉子边坐下，火光照亮了整个屋子，旁边放着芳香扑鼻、甘甜可口的米酒。有故事，也有美酒，能饮一杯否？

白居易晚年有感于政治纷争，自请到东都洛阳工作，过着“只拿工资不上班”的生活。“大隐住朝市，小隐入丘樊。丘樊太冷落，朝市太嚣喧。”他戏称自己的生活为“中隐”。中隐也就是唐人说的“吏隐”，将仕与隐统一起来。当年写下“野火烧不尽，春风吹又生”的少年，已经历经世事，垂垂老矣。他中隐后，唐朝政局不稳，皇帝更迭，宦官专权，在著名的“甘露之变”中，被害大臣中既有他的政敌，也有他的朋友。明哲保身也好，独善其身也好，远闻长安政变的白居易，心情肯定是复杂的——为国家朝政而担忧、为朋党倾轧而慨叹、为朋友而惋惜，以及最后为自己急流勇退而感到庆幸。

锦瑟

李商隐

锦瑟无端五十弦，一弦一柱思华年。
庄生晓梦迷蝴蝶，望帝春心托杜鹃。
沧海月明珠有泪，蓝田日暖玉生烟。
此情可待成追忆，只是当时已惘然。

精美的瑟为什么竟有五十根弦，一弦一柱都叫我追忆美好的年华。

庄周在拂晓时睡着梦见自己化为蝴蝶，望帝把自己的幽恨都托身于杜鹃。

明月沧海鲛人流下了滴滴眼泪，蓝田日暖，玉石才能够化作青烟。

这样的感情，为何要等到成为追忆的时候，才怅惘悲伤？

因为我在“迷蝴蝶”和“托杜鹃”的时候就已经惘然了。

“一种风流吾最爱，六朝人物晚唐诗。”说起晚唐诗人，不得不提李商隐。他留下了600多首诗，1000多年来一直被人们珍视和喜爱。季羡林先生曾说，在中国诗中，他最喜李义山。除了这首《锦瑟》中的“此情可待成追忆，只是当时已惘然”，他还有许多金句：“相见时难别亦难，东风无力百花残。春蚕到死丝方尽，蜡炬成灰泪始干。”“昨夜星辰昨夜风，画楼西畔桂堂东。身无彩凤双飞翼，心有灵犀一点通。”“历览前贤国与家，成由勤俭败由奢。”“嫦娥应悔偷灵药，碧海青天夜夜心。”“君问归期未有期，巴山夜雨涨秋池。何当共剪西窗烛，却话巴山夜雨时。”“夕阳无限好，只是近黄昏。”他的诗婉约中带着悲切，像星空一样唯美、深邃。一千个人能解读出一千种意境，有人说他是写美好的爱情，有人说他是写复杂的政局，有人说他是自慨，有人说他是发出家国之叹，也有人说他因清醒而痛苦，终生如此。

李商隐是很不幸的诗人。他9岁时丧父，承担起长子撑持门户的重担。13岁，举家迁至洛阳，受长辈令狐楚的赏识，被其聘入幕府为巡官。21岁，他考中进士。不久，令狐楚过世，他应王茂元邀请，做了他的幕僚。后来，王茂元欣赏其才华，将女儿嫁给他。由于令狐楚父子是“牛党”，而王茂元是“李党”，刚刚踏入仕途，李商隐就被卷进了朋党之争中。

各方猜忌，仕途多艰，妻子早逝，导致李商隐去世时才四十六七岁。他生在最繁盛、最华丽的唐朝，然而他没有经历盛唐的“开元全盛日”，也与元和中兴失之交臂。他身处的时代是走下坡路的唐朝，他一生经历了唐朝的6个皇帝，这些皇帝有为宦官所弑的，有耽于淫乱的，有服食仙丹中毒而死的，其间还发生了著名的“甘露之变”事件。

“荷叶生时春恨生，荷叶枯时秋恨成。深知身在情长在，怅望江头江水声。”李商隐怀着纯粹的情感、晦涩的恨意以及深深的孤独，发出了晚唐最美的声音。

夜上受降城闻笛

李益

回乐峰前沙似雪，
受降城外月如霜。
不知何处吹芦管，
一夜征人尽望乡。

李益（约750—约830年），字君虞，唐代著名诗人，“中唐七绝”之冠，“大历十才子”之一，为大历年间的进士。以边塞诗作名世，擅长绝句，尤其工于七绝。代表作为《夜上受降城闻笛》《塞下曲》三首。

回乐峰前的沙地白得像雪一样，受降城外的月色犹如秋霜。

不知何处吹起了曲调凄凉的芦管，一夜间征人都眺望故乡，萌生思乡之情。

唐朝是边塞诗发展的巅峰时期，其参与人数之多，诗作数量之多，是空前绝后的。其创作贯穿了整个唐朝，许多大诗人都留下了边塞诗，展现了大气、雄浑、壮美，以及蓬勃向上的生命力。

从唐太宗李世民的“在昔戎戈动，今来宇宙平”，到唐昭宗李晔的“安得有英雄，迎归大内中”，在近300年的历史中，唐人写下了近2000首边塞诗，是其他朝代边塞诗之和。初唐时期的边塞诗格调昂扬奋发，艺术性很强。盛唐更是边塞诗创作的鼎盛时期，涌现了著名的边塞诗派，代表诗人有高适、岑参、王昌龄等。代表诗作有高适的《燕歌行》，岑参的《白雪歌送武判官归京》《走马川行奉送封大夫出师西征》。大诗人李白写有边塞诗《关山月》：“明月出天山，苍茫云海间。长风几万里，吹度玉门关。”杜甫的《前出塞·其六》也是边塞诗中的名篇：“挽弓当挽强，用箭当用长。射人先射马，擒贼先擒王。杀人亦有限，列国自有疆。苟能制侵陵，岂在多杀伤。”《夜上受降城闻笛》是中唐诗人李益所写的边塞诗。他笔下的如霜月光，已经与王昌龄的“秦时明月”不同了。“但使龙城飞将在，不教胡马度阴山”的豪迈已经逐渐消失，在这万籁俱寂的长夜里，夜风送来了凄凉幽怨的芦笛声，只唤起征人的思乡之情。“一夜征人尽望乡”直戳人心，所有为国而战的刚毅，皆来自深爱亲人的柔软。明朝文坛领袖王世贞盛赞此诗，说读到此诗，“何必王龙标（王昌龄）、李供奉（李白）”。刘禹锡在《和令狐相公言怀寄河中杨少尹》中提到李益，有“边月空悲芦管秋”之句，就是指这首诗。此诗在当时被谱入弦管，天下传唱，成为中唐绝句中出色的名篇之一。

终南别业

王维

中岁颇好道，晚家南山陲。
兴来每独往，胜事空自知。
行到水穷处，坐看云起时。
偶然值林叟，谈笑无还期。

中年时我就存有好道之心，直到晚年才安家于终南山边陲。兴趣浓时常常独来独往游玩，有快乐的事也只独自陶醉。

溯流而上，走到水的尽头时，就坐下歇息，看着云雾悄然升起，千变万化。有时在林间会遇见乡村父老，与他谈笑、聊天，每每忘了回家。

《终南别业》是大诗人王维的代表作之一。他风姿郁美，少年成名，是唐朝大诗人中为数不多的状元。他经历了唐朝最辉煌的“开元全盛日”，也经历了由盛转衰的安史之乱。相比其他诗人，王维的仕途算是相当顺遂了。凭借岐王和玉真公主的引荐，王维进士及第；后来受到宰相张九龄的器重，做了右拾遗；张九龄在政治斗争中失败，李林甫专权，王维仍然保持自己的官爵，而且官阶越升越高，做了监察御史；安史之乱时，长安被攻陷，王维被迫出任伪职；战乱平息，王维下狱，其间，好友裴迪拿出其被俘时写的抒发亡国之痛和思念朝廷之情的《凝碧池》，其弟刑部侍郎王缙平反有功，自请削籍为兄赎罪，王维因而得到皇帝宽宥；最后去世时，官至尚书右丞，这也是他一生所任官职中官阶最高的。

在唐代，王维是公认的仕、隐两得的诗人，也是才能比较全面的诗人。他的诗歌及绘画都有很高成就，钱锺书称他为“盛唐画坛第一把交椅”，他还精通音律，善书法、篆刻。他仕途一帆风顺，除了靠运气外，也靠他的妥协退让。他用入世的功名富贵支撑着出世的田园理想。李白是崇尚自由的，任何束缚对他而言都是牢笼，因此他说“安能摧眉折腰事权贵，使我不得开心颜”；王维则是随遇而安的，他总能接纳现实强加给他的东西，然而他也是复杂痛苦的，因此他说“一生几许伤心事，不向空门何处销”。

叶嘉莹先生说王维只写光明正大的感情，而不说内心的矛盾痛苦，是一个相当复杂的人。也许，美好山水，正是他纾解忧虑痛苦的方法，也是他投身自然、通往佛门的诉求。人们总说，写物是为了起兴，但王维许多写物是发自内心、浑然天成的，起兴反而是向现实妥协的无奈之举。他内心深处向往的东西与人无关，是另一种维度的自由，因而能把没有生命力的山水写得那么美，令人动容——“漠漠水田飞白鹭，阴阴夏木啭黄鹂”“山中一夜雨，树杪百重泉”“大漠孤烟直，长河落日圆”“空山新雨后，天气晚来秋”“晚年唯好静，万事不关心”。特别值得一提的是他在辋川别业半隐居时所作的《辋川集》，这部诗集共收录40首诗，有一半为王维的诗（此诗集还收录有裴迪的20首诗），集中体现了其最高的艺术成就，其中《竹里馆》《鹿柴》《辛夷坞》都是脍炙人口的名篇。王维使山水诗的成就达到前所未有的高度，这也是他对中国古典诗歌做出的突出贡献。

索　引

文学史家通常将唐诗分为初、盛、中、晚四个时期。其中最为人称道的，是盛唐诗歌。